Les Éditions du Boréal
4447, rue Saint-Denis
Montréal (Québec) H2J 2L2
www.editionsboreal.qc.ca

LE BAISER
DE LA SANGSUE

DU MÊME AUTEUR

CHEZ LE MÊME ÉDITEUR

Contes du chat gris, Boréal Junior, 1994.

Nouveaux contes du chat gris, Boréal Junior, 1995.

Le chat gris raconte, Boréal Junior, 1996.

Le Monstre de Saint-Pacôme, Boréal Junior, 1997.

La Nuit des nûtons, Boréal Junior, 1998.

Sur la piste des arénicoles, Boréal Inter, 1998.

Le Géant à moto avec des jumelles et un lance-flammes, Boréal Junior, 1998.

« Les Mésaventures du roi Léon », Boréal Maboul :

        n° 1 *Le Vaisseau du désert,* 1996

        n° 2 *Un amour de framboisier,* 1996

        n° 3 *Dans une coquille de noix,* 1997

        n° 4 *La Belle Lurette,* 1997

        n° 5 *Le Mystère de la boule de gomme,* 1998

        n° 6 *La Tisane au nortic,* 1999

        n° 7 *L'ABC du roi Léon,* 2000

        n° 8 *Le Noël du roi Léon,* 2001

        n° 9 *Quelle famille !,* 2003

        n° 10 *Gros bedon,* 2004

        n° 11 *Coup de cochon,* 2005

CHEZ D'AUTRES ÉDITEURS

Le Petit Prince retrouvé, Les Intouchables, 1997.

Jean-Pierre Davidts

LE BAISER
DE LA SANGSUE

Boréal

Les Éditions du Boréal remercient le Conseil des Arts du Canada
ainsi que le ministère du Patrimoine canadien et la SODEC
pour leur soutien financier.

Les Éditions du Boréal bénéficient également du Programme de crédit d'impôt
pour l'édition de livres du gouvernement du Québec.

Illustrations : Clément Peyrous, colagene.com

© Les Éditions du Boréal 2005
Dépôt légal : 1er trimestre 2005
Bibliothèque nationale du Québec

Diffusion au Canada : Dimedia
Diffusion et distribution en Europe : Les Éditions du Seuil

Données de catalogage avant publication (Canada)

Davidts, Jean-Pierre

Le Baiser de la sangsue

(Boréal Inter ; 43)

Pour les jeunes de 10 ans et plus.

ISBN 2-7646-0367-3

I. Titre. II. Collection.

PS8557.A818B34	2005	jC843'.54	C2005-940207-5
PS9557.A818B34	2005		

1

La bête trônait sur le meuble : grasse, molle, violette. On aurait dit un morceau de chair ou un organe, tels ceux précieusement conservés dans un de ces bocaux remplis de formol qu'on voit parfois au musée ou sur une étagère, dans le cabinet d'un médecin. Cependant, le bocal ne se trouvait ni dans un musée ni chez un médecin. Il était posé sur la commode, face au lit d'Olivier.

Il avait découvert la bestiole deux jours plus tôt, lorsque ses parents l'avaient amené à la campagne, au chalet de ses grands-parents, pour la fin de semaine de l'Action de grâce. Il s'était promené dans les bois avec son père, foulant le tapis d'or et de vermeil des feuilles mortes jusqu'à un petit ruisseau dont ils avaient suivi les méandres capricieux avant d'aboutir au lac.

C'est là qu'Olivier l'avait aperçue pour la première fois, en jouant distraitement du pied dans les cailloux et la vase.

— Qu'est-ce que c'est? avait-il demandé à son père, qui savait tout, ou presque.

Celui-ci s'était penché pour mieux voir la chose qu'il avait délogée du bout de sa chaussure.

— On dirait une hirudinée, avait-il répondu. Plus communément connue sous le nom de sangsue, mais je ne savais pas qu'il en existait de cette couleur. D'habitude, elles sont plutôt noires ou grises.

— Une sangsue?

Le mot lui était familier; l'animal, inconnu.

— Ainsi baptisée parce qu'elle suce le sang d'autres animaux. Quand une vache traverse un gué infesté, par exemple, la sangsue se fixe à ses pattes par la bouche, sorte de ventouse dont la périphérie est pourvue d'excroissances très dures faisant office de dents. Elle perfore l'épiderme de sa victime avec ces crochets pour s'abreuver de son sang. Une fois rassasiée, la sangsue se laisse simplement choir. Remarque, le plus souvent, c'est aux poissons qu'elle s'attaque. On appelle ça un parasite.

L'explication avait fasciné Olivier.

— Je peux l'emporter?

À cette requête, son père avait étouffé un hoquet.

— Pour quoi faire, grands dieux ?

— Je la présenterais au cours de sciences. Ce serait drôlement intéressant. Sûr que mes copains n'en ont jamais vu.

Son père avait réfléchi. L'idée de rapporter l'affreux invertébré ne l'enchantait guère. Toutefois, il était prêt à bien des concessions pour nourrir la curiosité scientifique de son fils. Il s'était donc accroupi, avait examiné de plus près la bête, dont l'aspect étrange l'intriguait.

— Elle n'a pas l'air en grande forme. J'ignore si elle survivra longtemps sans nourriture.

— On peut toujours essayer.

— Mmh… Il faudrait un contenant.

Ils avaient fouillé alentour et fini par dénicher un godet de yogourt vide en plastique blanc. Son père avait cassé une petite branche et poussé dans le pot la virgule de chair, qui se desséchait déjà. Après quoi il avait rempli le récipient d'eau à moitié. La sangsue s'était aussitôt mise à remuer, comme joyeuse de retrouver l'élément liquide.

— Grand-papa nous donnera bien un bocal, avait décrété son père.

Et ils avaient rebroussé chemin.

Au chalet, la mère d'Olivier avait réagi différemment.

— Pas question que cette saleté entre dans la maison.

Son père avait tenté de l'amadouer. Ce n'était pas une saleté, mais un être vivant. D'ailleurs, naguère encore, les médecins s'en servaient pour soigner les malades. Et puis, Olivier ne la garderait que quelques jours. Après l'avoir montrée en classe, il la jetterait dans la rivière et ils n'en entendraient plus jamais parler. De toute façon, il doutait que l'animal survive à l'aventure.

Les arguments — et les supplications d'Olivier — avaient eu raison de la résistance de sa mère. À condition que ce dernier garde l'horrible chose dans sa chambre.

Ce qu'il avait fait.

Lorsqu'ils étaient rentrés, le même soir, Olivier avait déposé le gros bocal à cornichons et son curieux locataire sur la commode, devant son lit.

Depuis, la sangsue attendait, silencieuse et patiente, un repas qui ne venait pas.

2

Le lendemain, en fin d'après-midi, la sangsue ne bougeait plus. Elle avait maigri aussi. Son corps flasque reposait au fond de l'eau telle une crotte sur le point de se désagréger. Sa couleur violette avait considérablement pâli. L'animal n'était plus que le fantôme de lui-même. Il se mourait, c'était évident. Jamais il ne tiendrait jusqu'au cours de sciences si l'on n'intervenait pas.

Selon son père, la sangsue se nourrissait principalement du sang des poissons. Olivier compta ce qu'il lui restait d'argent de poche et partit à la boutique d'animaux familiers. En chemin, il croisa Mélodie.

— Salut. Où vas-tu ?

— Acheter un poisson rouge.

— C'est chouette. Je ne savais pas que tu avais un aquarium.

Il hésita. Mélodie était sa meilleure amie. En fait, ses copains la considéraient plutôt comme sa « blonde », même s'ils ne s'étaient jamais embrassés, ni tenu la main. Devait-il lui raconter ? Comment réagirait une fille à l'idée qu'on sacrifie un joli petit poisson à une vilaine sangsue ? Mal. Il opta pour une réponse évasive.

— C'est plus un bocal qu'un aquarium.

— Je peux t'accompagner ?

— Si tu veux.

Ils parvinrent à la boutique juste avant la fermeture. Mélodie lui suggéra plusieurs spécimens, tous plus beaux les uns que les autres, mais Olivier avait son idée. Il choisit le plus gros, un carassin dodu à souhait, d'un rouge flamboyant. Le marchand le glissa avec de l'eau dans un sac en plastique, qu'il gonfla avant de le remettre à son jeune client.

— T'as pris le plus laid, maugréa Mélodie, déçue qu'il n'ait fait aucun cas de ses recommandations.

— J'aimais celui-là, se borna-t-il à répondre.

Ils firent encore un bout de chemin ensemble avant que son amie annonce qu'elle devait rentrer. Olivier soupira de soulagement. Il appréhendait qu'elle le suive jusque chez lui, histoire de voir le poisson s'acclimater à son nouvel habitat. Elle lui en aurait sûrement voulu à mort après ça.

Sa mère préparait le repas à la cuisine. Olivier grimpa donc directement dans sa chambre. La sangsue n'avait pas bougé. Il ouvrit le sac en plastique et en transvida le contenu dans le bocal. Avec ça, elle aurait de quoi tenir au moins jusqu'à jeudi. Il recula pour mieux voir.

Le poisson barbotait gaiement dans l'eau fraîche, inconscient du sort funeste qui l'attendait. Cela devait être atroce, mourir vidé de son sang. Car Olivier n'en doutait pas, le poisson était promis à une mort certaine. La sangsue lui déroberait son fluide vital pour ne laisser qu'un petit paquet d'arêtes et de tissus desséchés.

Commettre un tel acte le dégoûtait un peu.

— Olivier, viens manger.

Le cœur n'y était pas, mais il descendit.

La soirée passa rapidement : les devoirs, un peu de télé, une balade à bicyclette. Vint le temps de se coucher.

Olivier se souvint du poisson au moment où il franchissait la porte de la chambre. Il alluma, s'approcha du bocal, un peu craintif, nerveux à l'idée de ce qu'il allait trouver : le poisson flottant ventre en l'air, à l'agonie, et la sangsue attachée à son hôte, encore grasse de son repas.

Il ne vit rien de tel.

Le carassin était bien vivant, en parfaite forme.

Olivier regarda de plus près.

Immobile, recroquevillée sur elle-même, la sangsue

occupait toujours sa place, aussi pâle, sinon plus qu'auparavant.

Olivier fronça les sourcils, perplexe. Peut-être même était-elle morte.

Il s'empara d'un crayon et l'enfonça dans l'eau. Le poisson rouge déguerpit aussi loin qu'il put de toutes ses nageoires. De la pointe du crayon, Olivier piqua le corps flasque de la sangsue, qui ne broncha pas. Elle se laissa pousser, mollement enroulée autour du bout de bois, tel un serpentin.

Aucun doute, la bête avait vécu, il n'y avait plus rien à faire. Mieux valait s'en débarrasser. Avec son bâton improvisé, il souleva la dépouille jusqu'à la surface en vue de la jeter dans la corbeille, mais la sangsue glissa au moment où elle atteignait le bord. Sans réfléchir, Olivier avança la main pour l'empêcher de retomber à l'intérieur.

Alors, l'animal se déploya et lui perfora le doigt de ses crochets.

3

— Skip, de grâce, réveille-toi. Ils arrivent.

Olivier souleva les paupières. Une lumière vive l'aveugla, l'obligeant à les refermer aussitôt. Il faisait chaud. Très chaud. Et il avait mal à la tête. Une migraine comme on n'en souhaiterait à personne. Il rouvrit les yeux plus lentement. Un soleil éclatant illuminait le ciel.

Ses souvenirs étaient flous. La sangsue l'avait mordu, ensuite plus rien. Le néant. Avait-il dormi toute la nuit?

— Active. Ils n'en ont plus pour longtemps.

Il redressa la tête et crut défaillir.

Il n'était plus dans sa chambre, mais sur une plage de sable noir que léchaient les vagues d'un océan pourpre.

Quelqu'un le tira par le bras.

— Allez, viens.

Olivier se laissa entraîner.

Rêvait-il? Le monde qui l'entourait avait pourtant l'air bien réel. Il sentait la chaleur du sable à travers ses mocassins — depuis quand portait-il des mocassins? — et la pression de la main sur son bras. Mais ce sable d'ébène, ces eaux rubis? Il n'en avait jamais vu nulle part.

— Où suis-je?

— Plus tard. Si on n'atteint pas la forêt de chevelus avant les pilipilis, je ne donne pas cher de notre peau.

Il regarda celui qui venait de parler.

Celle plutôt, car il s'agissait d'une fille. Cette dernière avait à peu près son âge et était vêtue d'une veste et d'un pantalon en cuir souple, semblables à ceux que portaient jadis les Amérindiens. Sa taille était cerclée d'une ceinture à laquelle pendaient une besace et un couteau dans son étui. Mais le plus étrange était sa peau : elle avait une teinte violette!

— Qui êtes-vous?

L'adolescente dévisagea Olivier. De longs cheveux noirs cascadaient sur ses épaules, et ses yeux avaient la forme particulière, en amande, de ceux des Orientaux.

— Tu es plus durement touché que je le craignais, Skip. Tu ne te rappelles même pas mon nom?

Il secoua la tête.

— Yanelle.

— Où sommes-nous?

— Au Lieu Noir. Mais je suppose que ça ne te dit rien non plus. Alors, pour te rafraîchir la mémoire, cette planète sur laquelle nous tentons de survivre s'appelle Bifrost.

Une longue plainte stridente retentit derrière eux.

— Zut! les voilà déjà. Nous n'y arriverons jamais si tu n'y mets pas du tien. Regarde. Tu vois la ligne blanche? C'est la lisière de la forêt. Les pilipilis n'oseront pas aller plus loin. Ils ont trop peur des caraques, mais encore faut-il l'atteindre avant eux. Cours.

Yanelle le lâcha et gravit la dune sombre à grandes enjambées. Olivier hésita. Les cris gagnaient en violence, se faisaient de plus en plus forts. Il tourna la tête dans leur direction. À l'extrémité de la plage, des points bougèrent. Ils approchaient rapidement.

— Qu'est-ce que tu attends? lui cria Yanelle, qui le distançait déjà. Dépêche-toi.

Inutile de chercher à comprendre. Il détala à son tour.

Pas facile de courir quand le sol se dérobe à chaque instant sous les pieds. La ligne blanche grossissait à peine. Cette forêt de « chevelus » paraissait bigrement loin. L'écart qui le séparait de Yanelle diminuait peu à peu. Malheureusement, Olivier s'essoufflait. Trop de télévision, pas assez d'exercice. À mi-pente, il dut s'arrêter pour récupérer.

— Du nerf, l'encouragea sa compagne. On y est presque.

De la main, Olivier lui signala de continuer sans lui. Il la rejoindrait aussitôt que possible. Ses poumons charriaient de la lave en fusion. Décidément, il n'avait pas la forme. Il s'accroupit, posa les mains sur ses genoux pour reprendre haleine et constata avec horreur que sa peau à lui aussi était devenue violette. Puis ses yeux dérivèrent en contrebas, là où le noir du sable rencontrait les eaux écarlates. Les cris avaient nettement pris du volume maintenant. Quelque chose comme un interminable « pi-li-pi-li-pi-li ». Les objets se faisaient aussi beaucoup plus proches. De l'endroit où il se tenait, il aperçut des boules qui bondissaient. Une multitude de boules. Tout compte fait, mieux valait ne pas s'attarder. Il repartit avant d'avoir totalement récupéré.

Yanelle avait accru son avance. Olivier allongea le pas mais ne put soutenir la cadence. L'épuisement le gagnait. Son pied glissa. Il se retrouva un genou sur le sable, se releva avec peine, les muscles douloureux. Les hurlements étaient assourdissants, si aigus qu'ils perçaient les tympans. Olivier risqua un regard derrière lui et *la* vit, à quelques dizaines de mètres à peine.

Une espèce de coccinelle brune de la taille d'un cocker, qui progressait en repliant les pattes sous elle et en se projetant en avant d'une vigoureuse détente. Les yeux en billes de loto du monstre, juchés au sommet de longues protubérances charnues, l'avaient pris pour cible et ses mandibules acérées claquaient furieusement, prêtes à le broyer.

Des centaines de ses congénères convergeaient vers lui.

Cette vision de cauchemar lui insuffla l'énergie nécessaire pour repartir. Levant la tête, il aperçut Yanelle qui lui adressait de grands signes des bras, sur la crête.

— Vite, vite.

Plus facile à dire qu'à faire, dans ce sable qui n'en finissait pas de le faire déraper, avec cette meute sur le point de lui tomber dessus. Son cœur cognait si fort qu'il allait défoncer sa poitrine. Jamais il n'arriverait en haut.

Il s'efforça de chasser la douleur en se concentrant sur une seule tâche : poser un pied devant l'autre. Ne penser à rien sauf avancer. Le temps perdit de sa substance et, comme par magie, Olivier se retrouva au sommet de la dune.

À partir de là, la progression devint plus facile. Le sol était plat. À dire vrai, il descendait même légèrement jusqu'à une palissade de hauts champignons au chapeau duquel pendaient de fines lamelles ressemblant à des cheveux, trois cents mètres plus loin : la forêt de chevelus.

Yanelle ne l'avait pas attendu. De sa démarche souple, elle avait déjà parcouru la moitié du chemin.

— Ne t'arrête pas.

Il n'en avait pas l'intention mais la nature en décida autrement.

Une douleur fulgurante lui vrilla le mollet. Il cria.

Un pilipili venait de lui planter ses crocs dans la jambe. D'autres suivaient, pour la curée.

— Les yeux, arrache les yeux, cria Yanelle qui avait assisté à la scène.

Olivier obéit sans réfléchir. Sa main se referma sur les deux protubérances et il tira. Les tiges molles se détachèrent aisément et la douleur cessa. La bête l'avait lâché. Elle courait dans tous les sens en piaillant. L'adolescent lui décocha un coup de pied vengeur et piqua un sprint vers la bordure de la forêt. La frousse lui donnait des ailes.

Quelques secondes suffirent pour qu'il rattrape Yanelle, aux pieds de qui il s'effondra, à bout de forces. La jeune fille aux bras musclés le tira à l'abri entre les troncs spongieux d'un blanc laiteux.

— Tu peux te reposer maintenant, le danger est écarté.

Il se retourna pour voir s'élever le mur brun des pilipilis. La clameur que poussaient les monstres enfla jusqu'à devenir insoutenable, mais la masse stoppa à une dizaine de mètres des champignons. Les pilipilis sautaient sur leurs pattes-ressorts, cliquetant rageusement des mandibules, roulant des yeux à l'extrémité de leur pédoncule. Olivier n'avait jamais vu de spectacle aussi hallucinant. Il frémit à l'idée qu'il aurait pu être déchiré par ces pinces acérées, avalé par ces gueules baveuses.

Comprenant qu'ils devaient faire une croix sur leur pitance, les pilipilis les abandonnèrent pour s'en aller à la recherche de proies moins rétives. Bientôt, leurs cris n'étaient plus qu'un sifflement lointain.

Olivier étouffa un bâillement.

— Qu'y a-t-il?

— Je ne sais pas. L'épuisement, je suppose. Je suis vanné.

— Résiste. Ce doit être la morsure du pilipili. Attends, j'ai ce qu'il faut pour te soigner dans mon sac.

Mais résister était au-dessus de ses forces. Ses paupières s'alourdissaient, se fermaient malgré lui.

La dernière chose qu'il entendit avant de sombrer dans l'inconscience fut la voix de Yanelle qui suppliait:

— Pas si tôt, Skip. Ne m'abandonne pas si tôt.

4

La voix de sa mère lui parvint, de l'autre côté de la porte.

— Debout, paresseux. C'est l'heure.

Olivier ouvrit les yeux. Il était étendu tout habillé au pied du lit. Les souvenirs affluèrent. La sangsue l'avait mordu et puis il y avait eu… Il souleva fébrilement la jambe de son pantalon. La chair était intacte. Aucune trace de blessure. Et sa peau n'était plus mauve. L'étrange fille, les pilipilis, la forêt de champignons n'étaient qu'un rêve. Mais quel rêve ! Il s'en rappelait les moindres détails. Tournant la tête vers la commode, il aperçut la sangsue et le poisson rouge dans leur pot. Les deux semblaient faire bon ménage ou, du moins, s'ignorer royalement. Cependant, la première n'était pas en meilleur état. Apparemment, elle n'avait toujours pas changé de position.

Olivier examina son doigt. L'extrémité de l'index était boursouflée et au centre de la pulpe se dessinait une minuscule blessure, légèrement violacée. Les sangsues étaient-elles venimeuses ? Celle-ci lui avait-elle injecté un poison qui l'aurait plongé dans une sorte de torpeur durant laquelle il avait fait ce cauchemar insensé ? Il se renseignerait.

Il s'assit sur son lit. La tête lui tournait un peu.

— Olivier, tu vas finir par être en retard, cria sa mère d'en bas.

Il se leva, fit quelques pas avec précaution. Il avait l'impression de se déplacer sur un nuage, comme s'il flottait légèrement au-dessus du sol. Une sensation étrange mais pas désagréable.

En classe, Olivier fut distrait toute la journée. Son aventure nocturne lui trottait dans la tête. Il s'agissait d'un rêve, d'une pure invention de son esprit enfiévré, bien sûr, mais d'un tel réalisme et si excitant ! On aurait juré un feuilleton télévisé, un feuilleton dont il serait le héros. Il aurait donné cher pour en connaître la suite.

À la récré, Mélodie vint le trouver.

— Ton poisson va bien ?

— Finalement, les poissons, c'est pas pour moi, mentit-il. Je le rapporterai au magasin après l'école.

— Ah ! Vas-tu au rallye de bicyclettes, ce soir ?

— Non, j'ai des recherches à faire.

Elle s'étonna.

— Des recherches ? Sur quoi ?

Olivier offrit une réponse vague.

— Un projet… en biologie.

— Je t'aiderai, si tu veux.

Cette fille était un vrai pot de colle et il ne se sentait pas d'humeur à ménager les sensibilités.

— Je n'ai pas besoin de toi.

Elle s'en alla, de mauvais poil.

Le soir même, il demanda la permission de naviguer sur Internet. Quand Olivier lui expliqua pourquoi, son père acquiesça sans réticence. L'intérêt subit de son fils pour les sangsues marquait peut-être la naissance d'une brillante carrière scientifique. Olivier ne chercha pas à le détromper.

Lorsqu'il eut terminé, il en savait davantage sur les vertus curatives des sangsues, leur mode de reproduction et les différentes espèces qui peuplaient l'Amérique du Nord, mais il n'avait rien trouvé sur d'éventuelles toxines aux pouvoirs hallucinogènes. En outre, aucune illustration ne ressemblait au spécimen qui l'attendait là-haut, dans sa prison de verre. Nulle part on ne mentionnait de sangsue mauve ou violette. Quoi qu'il en soit, une chose le rassurait : les sangsues n'étaient pas venimeuses, même si, afin de se gorger plus facilement, elles injectaient à leur hôte une substance qui empêchait le sang de coaguler.

Olivier monta se coucher vers vingt et une heures.

Il se rendit directement à la commode.

La bête paraissait si inoffensive, immobile au fond du pot. Cependant, il ne s'agissait peut-être que d'un leurre. N'affirme-t-on pas qu'il faut se méfier de l'eau qui dort ? La lésion à son doigt était on ne peut plus réelle.

Olivier examina celle-ci pour la mille et unième fois. Il ne ressentait plus d'élancement sourd depuis que l'enflure s'était résorbée, mais l'extrémité de son doigt gardait l'empreinte des dents de corne et sa couleur violacée.

Que se passerait-il si la bête le mordait de nouveau ? Vivrait-il un autre rêve ?

Cœur battant, il plongea le doigt dans le liquide. Il retint son souffle, enfonça le doigt un peu plus sans quitter des yeux le gros ver plat qui attendait patiemment sa pitance. À mesure que sa main approchait de la masse rebutante, molle et froide, plaquée contre le verre, les battements de son cœur s'accéléraient.

Il s'arrêta à quelques millimètres de la chose. C'est toujours le dernier pas qui coûte. Puis, prenant une grande respiration, il ferma les yeux et baissa la main. Son index heurta un tissu élastique. Ensuite, il eut l'impression qu'une aiguille perforait sa chair et il perdit connaissance.

5

— Enfin ! Je commençais à désespérer.

Olivier souleva les paupières.

Il était étendu par terre et sur lui se penchait... comment s'appelait-elle déjà ?... ah oui ! Yanelle. Au-dessus de la jeune fille se découpaient les lamelles roses des énormes champignons dont le chapeau frangé occultait une bonne partie du ciel. À l'horizon, le soleil déclinait. La nuit n'était pas loin.

Olivier s'assit. Son épiderme avait repris une teinte violette, quoique plus pâle que celui de Yanelle. Il prit le temps de bien se regarder. La tenue dont il était affublé était en tous points identique à celle de sa compagne : veste et pantalon taillés dans une espèce de cuir très souple, couleur ocre, mocassins montants et ceinture à laquelle étaient suspendus une gourde, une besace et un couteau à lame large et effilée, sagement rangé dans sa gaine.

— Comment te sens-tu ?

— Ma jambe ?

— Je l'ai soignée. Tu devrais pouvoir marcher sans difficulté. Les pinces du pilipili n'ont pas pénétré très profondément.

Un cataplasme enserrait son mollet sous le pantalon dont la jambe avait été fendue.

— Allons-y. La nuit approche. Il faut trouver un refuge.

Yanelle lui donna le bras pour l'aider à se lever avant de remettre divers objets dans son sac : un pot rempli d'une pâte verte, une pelote de ficelle, une spatule, un sachet de graines noires.

— Mange. Cela te donnera des forces.

Le fruit qu'elle lui tendit ne ressemblait à aucun de ceux qu'il connaissait : bleu, allongé comme une banane, mais écailleux à la manière d'un ananas. Il allait en croquer une bouchée quand sa guide le retint.

— Pas comme ça, idiot. On dirait que tu vois un muril pour la première fois de ta vie.

Olivier faillit répliquer que c'était effectivement le cas, mais garda le silence tandis que Yanelle lui montrait comment procéder. Elle détacha une écaille et en mordit la base charnue avant de jeter la pointe dure. Il l'imita. La pulpe juteuse avait le goût du chocolat mêlé à l'acide du citron.

— Partons, sinon on n'y arrivera jamais.

Il la suivit sans proférer un son, en dégustant l'étrange fruit.

Les champignons étaient espacés régulièrement, de sorte que la marche s'avérait relativement aisée sur le sol spongieux qui rappelait un tapis de caoutchouc mousse. Ayant terminé son muril, Olivier se débarrassa de la rafle. Celle-ci n'avait pas sitôt touché terre que le sol se mit à trembler. Yanelle se retourna vivement.

— Mais tu es complètement fou !

Olivier la vit s'agripper aux cheveux végétaux d'un champignon et se hisser sur son chapeau d'un vigoureux coup de reins. Elle lui tendit la main. Sans chercher à comprendre, il la saisit et rejoignit Yanelle sur son perchoir. À leurs pieds se déroulait un spectacle ahurissant.

Une multitude de vers jaillissaient du sol. Gigantesques, annelés, ils gigotaient, se tordaient, grouillaient avec frénésie autour du trognon qu'Olivier venait de jeter. Un ver attrapa dans sa gueule ce qui restait du fruit. Un autre s'attaqua au premier, bientôt imité par un troisième puis un quatrième. Ce fut la mêlée générale. Les annélides se dévoraient mutuellement.

Olivier assistait à la scène, médusé. Au bout d'un temps, il ne resta qu'un seul ver, au corps couvert d'innombrables blessures. Alors, des champignons tomba une fine poudre rose qui recouvrit l'invertébré. Celui-ci émit un râle et, de chacune des plaies, un nouveau petit champignon émergea. Dix minutes plus tard, seule une pellicule chitineuse rappelait encore l'existence du lombric.

— Assez traîné, déclara Yanelle en sautant à bas de leur piédestal.

Olivier aurait aimé l'interroger sur ces phénomènes extraordinaires, mais il pressentait que l'instant était mal choisi. Ils reprirent donc leur route en silence. Après des heures de marche interminables, sa compagne annonça :

— Le soir tombe. Nous devons absolument trouver un abri avant l'arrivée des caraques.

Elle chercha autour d'eux et désigna un champignon plus massif que les autres.

— Celui-là conviendra.

Dégainant son couteau, elle le plongea dans le stipe qu'elle entreprit de découper. Olivier la regarda faire, bras ballants, indécis sur la conduite à adopter.

— Aide-moi au lieu de jouer les empotés.

Il s'approcha, couteau prêt à l'emploi. La lame tranchante pénétra aisément dans la chair poreuse du champignon. Quelques minutes leur suffirent pour trancher un morceau de la taille d'une petite porte, qu'ils dégagèrent ensemble. Le pied du végétal était creux, l'intérieur assez vaste pour les accueillir tous les deux. Yanelle s'y engouffra la première en l'invitant à la suivre. Ils replacèrent le panneau derrière eux. Malgré la mince fente par où filtraient les ultimes rayons du soleil, ils se retrouvèrent dans le noir.

— Pourquoi ici? interrogea Olivier.

Yanelle soupira.

— Les caraques sortent dès la tombée du jour, car elles ne supportent pas la lumière. Dans le chevelu, nous ne courrons aucun danger : elles ne nous flaireront pas. L'odeur du champignon camouflera la nôtre.

— Qu'est-ce qu'une caraque?

— Si tu l'as oublié, je t'envie. J'ai des frissons rien qu'à savoir qu'elles rôderont autour toute la nuit. Écoute, je suis fourbue. Si ça ne te dérange pas, prends le premier tour de garde, que je me repose un peu. Surtout, ne t'endors pas. Réveille-moi s'il se produit quelque chose d'anormal.

Olivier promit. Il devina plus qu'il ne vit qu'elle se couchait par terre en chien de fusil. Cinq minutes ne s'étaient pas écoulées qu'une respiration régulière lui apprit qu'elle s'était endormie.

En dépit de l'étrangeté des lieux, Olivier n'avait pas peur. Il se demanda pour la énième fois s'il rêvait. Tout semblait si réel : le sol moussu, le mur lisse et souple dans son dos, le parfum omniprésent — fade et douceâtre, vaguement écœurant — du champignon, le corps chaud de Yanelle étendue à ses pieds.

Et les bruits qui grandissaient dehors.

Des craquements, des raclements, des frottements. Des choses se déplaçaient, non loin. Les caraques ? À quoi ressemblait cet animal pour que Yanelle l'envie de ne pas s'en souvenir ? La fatigue de la journée se mit à peser sur ses membres. Il étouffa un bâillement, luttant contre l'envie de clore les yeux. Sa compagne lui avait formellement commandé de rester vigilant. Les bruits étaient tout proches maintenant. Un instant, il crut même voir bouger le bloc découpé dans le pied du champignon, mais, de la main, il s'assura qu'il n'en était rien. Ses paupières s'alourdirent davantage. Il luttait avec peine pour rester éveillé. Vint cependant un moment où l'épuisement fut le plus fort.

Le sommeil l'emporta.

6

Il était de retour dans sa chambre. Encore une fois étendu sur le sol près de la commode. Avant de toucher la sangsue, la veille, il avait néanmoins pris la précaution d'enfiler son pyjama. Du rez-de-chaussée montait l'alléchante odeur des crêpes que sa mère préparait parfois pour déjeuner le matin. Son premier réflexe en se levant fut d'examiner sa main.

Le doigt deux fois mordu avait pris une teinte plus foncée, un sale violet qui couvrait la première phalange et gagnait du terrain, telle une lèpre. Pourtant, il ne ressentait aucune douleur. Ses doigts étaient bien un peu gourds, glacés, comme si le sang n'y circulait plus, ou mal. Peut-être devrait-il en parler à sa mère. Non. Elle s'alarmerait, l'amènerait consulter un médecin. On le traînerait peut-être à l'hôpital où l'attendraient trente-six mille tests. Il préféra ne pas y penser.

Il s'habilla et descendit.

Tromper sa mère ne posa aucune difficulté. Il lui suffit de replier le doigt dans la paume pour que rien ne paraisse. Tant qu'il ne se plaindrait pas, ses parents n'y verraient que du feu.

À l'école, cependant, ce fut une autre paire de manches.

Il ne fallut pas longtemps à Mélodie pour découvrir le pot aux roses.

— Qu'est-ce que t'as à la main ?

— Rien.

— Montre.

— J'ai rien, je te dis.

— Je ne te crois pas, Olivier Lacroix. Laisse-moi voir.

Une vraie teigne. Pour en finir, il céda.

— Tu t'es blessé ! s'exclama-t-elle en écarquillant les yeux. Faut aller voir l'infirmière.

Il refusa sèchement.

— C'est pas grave. Je me suis juste donné un coup de marteau, hier. Ça paraît pire que c'est en réalité.

Par bonheur, la cloche mit fin aux attentions de cette Florence Nightingale en herbe.

L'après-midi, le prof de maths interpella Olivier à

deux reprises en lui reprochant de ne pas écouter, d'être dans la lune. Il aurait bien rétorqué qu'il n'était pas sur le satellite de la Terre, mais sur Bifrost, s'il n'eût risqué, à cause de son impertinence, de se retrouver chez le directeur. Il n'avait qu'une hâte : rentrer et poursuivre l'aventure.

Mélodie l'accosta à la sortie des classes.

— Comment va ton doigt ?

— Bien. Il faut que j'y aille.

— Où ?

— À la maison, on m'attend.

— Tes parents ?

— Oui… non, enfin, j'ai pas le temps de te parler. Salut.

Il fila chez lui et monta directement dans sa chambre. Cette fois, il n'hésita pas une seconde avant de plonger la main dans le bocal.

7

— Tu avais promis de ne pas t'endormir. Dorénavant, je ne saurai plus te faire confiance. Si je ne m'étais pas réveillée, nous ne serions pas en train de parler maintenant. Une caraque a repéré notre odeur malgré celle du chevelu. Elle avait réussi à introduire un filament par la fente. Heureusement, je l'ai tranché et elle n'a pas insisté.

Olivier maugréa.

— Si tu m'expliquais ce qu'on fait ici exactement, je serais peut-être plus vigilant à l'avenir.

Yanelle réfléchit à sa proposition.

— Tu as raison. Sortons. Je commence à avoir la nausée et je préfère ne pas passer une autre nuit dans la forêt. Je te raconterai en marchant.

Ils poussèrent le morceau obstruant l'ouverture et émergèrent au grand jour. Du ciel tombait une pluie fine et chaude qui s'évaporait dès qu'elle touchait le sol pour former une sorte de tapis brumeux leur enveloppant les pieds.

— La saison des clisses approche, déclara Yanelle d'un ton lugubre. Dieu fasse que nous soyons de retour au village avant.

Ils partirent.

— Tu n'as vraiment aucun souvenir, Skip? Les stryges, le voyage, le Grand Cagot?

Olivier adorait qu'elle l'appelle Skip, cela lui donnait encore plus l'impression d'être un héros. Il fit signe que non de la tête.

— Alors, tu es plus gravement atteint que je le craignais. D'ailleurs, je l'ai remarqué à ta main. Là où la stryge t'a piqué, elle est presque blanche. Et tu dors plus souvent. Plus longtemps aussi. Si nous n'arrivons pas rapidement à destination, tu es perdu.

— Mais de quoi parles-tu?

— Bon. Commençons par le commencement. Il y a un mois environ, une colonie de stryges a élu domicile près du village. Pour une raison que j'ignore, les Veilleurs ne s'en sont pas rendu compte sur-le-champ, si bien que plusieurs habitants ont été piqués et contaminés avant que nous la détruisions. La maladie du virement s'est installée et propagée, malgré les soins dispensés à ceux qui ont été touchés. En désespoir de cause, les Anciens nous ont envoyés chez le Grand Cagot afin qu'il nous remette la formule d'un meilleur remède. Malheureusement, sur le chemin du retour, une stryge égarée t'a piqué toi aussi. Je ne suis pas assez versée dans les sciences de la guérison pour préparer le médicament. Nous avons encore un peu de temps devant nous, mais il faut rentrer sans délai. Au village, les Anciens sauront te guérir.

— Tu me fais peur. C'est quoi, cette maladie, au juste?

— Personne n'en est sûr. Tout ce qu'on sait, c'est que les malades sont saisis d'une grande torpeur. Ils s'endorment et rêvent qu'ils vivent dans un monde étrange, peuplé de monstres en métal qui circulent sans relâche sur des pistes de terre noire, plus dure que la lame de mon couteau. D'immenses villages de hautes tours y ont remplacé bois et campagnes. L'air pue et partout des immondices jonchent le sol. Les animaux y ont presque tous disparu. C'est affreux. Quand ils se réveillent, les malades se lamentent sans cesse pour ne pas y retourner. Leur peau blanchit peu à peu, d'où le nom de la maladie. À la fin, le sommeil a raison d'eux. Ils sombrent dans une léthargie dont il ne sortiront qu'à leur mort.

— Le monde dont tu parles ressemble étrangement au mien. Il existe vraiment, protesta Olivier. Ce n'est pas un rêve, je le sais.

— C'est ça. Et je suppose que l'endroit où nous sommes est imaginaire.

Force lui fut de convenir que non.

— Pourquoi n'ai-je aucun souvenir de ma vie sur Bifrost avant le moment où je me suis éveillé sur la plage ?

— Tu venais de te faire piquer. L'amnésie est l'un des premiers symptômes de la maladie. Ça, et l'impression que l'autre monde, pas celui-ci, est le vrai, tant l'hallucination est puissante.

La Terre, un rêve, et Bifrost, la réalité ? Absurde.

Soudain, il tituba, ce qui mit aussitôt Yanelle en alerte.

— Qu'y a-t-il ?

— Je ne sais pas. Une faiblesse. Ma tête est si lourde.

— C'est le mal. Il faut lutter. Résiste.

Il avait des vertiges. Une lassitude immense appesantissait ses membres, au point qu'il éprouvait de la difficulté à avancer. Yanelle le saisit par les bras et le secoua.

— Ne t'endors pas, Skip. Je t'en supplie. Fais un effort.

Mais toute sa volonté n'y suffit pas. Son esprit vacilla et il ne put empêcher ses yeux de se fermer.

8

— Mon chéri ! Enfin tu reviens à toi. Qu'y a-t-il ? Tu ne te sens pas bien ? Parle. Je n'arrivais pas à te réveiller.

Sa mère le secouait. Olivier replia la main. Pas question qu'elle voie son doigt.

— Je… je ne sais pas. J'étais fatigué. Je me suis allongé et j'ai dû m'assoupir.

— Par terre ? Ce n'est pas normal.

Elle posa le dos de sa main sur son front.

— Tu n'es pas fiévreux, bien que tes yeux paraissent un peu rouges. As-tu mal quelque part ?

Il secoua la tête.

— Tu peux te vanter de m'avoir fait peur. Voilà dix minutes que j'appelle. Comme tu ne répondais pas, je suis montée. Quand je t'ai trouvé sur le plancher, j'ai cru qu'il t'était arrivé un accident. On devrait peut-être aller à la clinique.

— Ça va vraiment mieux maintenant.

— À ta place, je ne me coucherais pas trop tard, ce soir. Une bonne nuit de sommeil te fera du bien.

Olivier approuva.

En se redressant, il nota le regard de sa mère qui s'arrêtait sur le bocal.

— Quand te débarrasseras-tu de cette horreur ?

— Demain. Le cours de sciences a lieu demain.

— Parfait. Je n'aime pas savoir cette bête dans la maison. Elle me donne la chair de poule. Repose-toi encore cinq minutes. Nous passerons bientôt à table.

— Oui, m'man.

Elle quitta la pièce après l'avoir embrassé. Sûr qu'elle ne reviendrait pas, Olivier approcha la main de ses yeux. L'ongle et la première phalange de l'index étaient noirs. Les autres doigts viraient au mauve et le rouge violacé progressait vers la paume. Il se palpa avec l'autre main. Aucune sensation. Comme si cette partie du corps n'existait plus, avait changé de monde.

Il dirigea son regard vers la commode. La sangsue présentait toujours le même aspect. Elle avait un peu grossi, certes, mais à peine. Sa livrée violette, en revanche, était plus éclatante. Il songea à Yanelle, à la maladie du virement. Ce qu'elle affirmait ne pouvait être vrai. Ses parents, ses amis, une illusion ? Impossible. La Terre était le vrai monde, pas Bifrost. Pourtant… Les idées s'embrouillaient dans sa tête.

L'appel de sa mère mit fin à ses réflexions.

Olivier ne fut guère loquace au souper. Il se contenta de répondre aux questions qu'on lui posait sans fournir d'explications et expédia son repas en veillant à camoufler sa main malade. Il ignorait combien de temps il réussirait à tromper la vigilance de ses parents si la couleur continuait de s'étendre à une telle allure.

La raison aurait commandé d'arrêter, d'oublier la sangsue, de s'en débarrasser sans attendre en la jetant quelque part où elle ne nuirait à personne, mais la simple pensée qu'il pouvait retourner sur Bifrost en la touchant l'en dissuada. Il finit son assiette en vitesse et prétexta qu'il mourait de sommeil pour filer droit dans sa chambre, tant il avait hâte de poursuivre son aventure.

9

— Nous devons arriver au village sans tarder pour que les Anciens te soignent, Skip. J'ai peur. Le sommeil gagne du terrain, et regarde ton bras.

Sa main droite avait perdu sa couleur violette jusqu'au poignet. On aurait juré qu'il portait un gant blanc. L'inverse de ce qui se produisait sur Terre !

— Le venin de la stryge, expliqua Yanelle. Il faut le neutraliser avant qu'il atteigne le cœur.

— C'est encore loin ?

— Quatre ou cinq jours de marche. Il y a la plaine des Désespérés à traverser puis le marais Fondant. Un garrot ralentirait peut-être la progression du poison dans ton organisme.

Yanelle fouilla dans sa besace, en sortit une bande élastique dont elle enserra le bras d'Olivier, juste au-dessus de la saignée du coude.

— Dis-moi, est-ce vrai ce qu'on raconte, que le monde du rêve paraît aussi réel que le nôtre ?

— Oui.

Elle frissonna.

— Les Anciens affirment que le rêve a le même effet qu'une drogue, que certains malades refusent de se faire soigner parce qu'ils aiment trop leur songe. Ils ne veulent plus revenir à la réalité. Jure-moi que tu ne le feras pas.

— Euh…

— Jure.

— D'accord. C'est promis.

Elle lui sauta au cou et l'embrassa d'une manière toute naturelle, comme si la chose s'était déjà produite à maintes reprises avant. Le rouge de la confusion colora les joues et les oreilles d'Olivier.

— En quoi est-ce si différent là-bas ?

Il lui raconta la Terre. Comment on y vivait, ce qu'on y faisait. Les drames — guerres, famines, crimes, catastrophes — qui composaient le quotidien des journaux et des bulletins d'information à la télé ; la technologie qui envahissait tout, et les limites du possible qui reculaient constamment ; la nature qui perdait du terrain devant l'espèce humaine avant de se venger, semblait-il, à grands coups d'ouragans, d'inondations, de tornades, de séismes.

— Je détesterais vivre là-bas, décréta Yanelle. Même s'il n'y a pas de caraques, de stryges ni de pilipilis. Le soir, j'aime bien gravir la colline qui surplombe le village et tout observer autour de moi. Pas un jour ne passe qui n'amène un spectacle différent. J'adore voir le vent dessiner des arabesques dans les hautes herbes, écouter les feuilles des arbres fredonner leur rengaine végétale, regarder les nuages rouler au-dessus de la mer des Glauques et les éclairs illuminer l'horizon aux roulements de tambour du tonnerre.

Olivier acquiesça. Lui aussi commençait à apprécier les beautés de Bifrost en dépit de ses dangers. La présence de Yanelle n'y était sûrement pas étrangère.

Ils marchèrent longtemps ce jour-là, si bien que le soleil frôlait l'horizon quand ils arrivèrent devant une immense cuvette. Une plaine verdoyante s'étalait à perte de vue, en avant, à leur gauche et à leur droite, telle une gigantesque pelouse bien entretenue.

— La plaine des Désespérés, annonça Yanelle. Nous la traverserons demain. Si je ne me trompe, il y a une grotte à proximité. Nous nous y installerons pour la nuit.

L'adolescente avait vu juste. Le flanc d'une colline était percé d'une anfractuosité où bon nombre de voyageurs les avaient précédés, à en juger par les vestiges des feux qu'ils y trouvèrent et par le noir de fumée qui tapissait les parois. Olivier aida Yanelle à ramasser du bois.

— Le feu tiendra les caraques à l'écart. Elles n'oseront pas approcher.

Lorsqu'ils eurent assez de combustible, Yanelle partagea ses provisions avec lui : de la viande séchée au goût de poulet cuit à la broche, des noix à la consistance de guimauve et un jus épais, couleur pêche, dont le goût se situait à mi-chemin entre la pomme et la framboise.

La nuit tomba rapidement. Ils allumèrent le bois sec, qui s'embrasa en crépitant joyeusement et se mit à répandre une agréable odeur dans la caverne.

— Dors le premier, Skip. Tu dois être éreinté. Je te réveillerai quand ton tour de garde viendra.

Après l'avoir remerciée, il s'allongea sur le tapis d'herbes qu'ils avaient confectionné dans un coin de leur abri en pierre. Ses paupières s'étaient à peine refermées que, déjà, il s'assoupissait.

10

La moitié de sa main avait pris une teinte violette. S'il n'y remédiait pas, ses parents la remarqueraient fatalement.

Olivier réfléchit.

Quand sa mère le pria de venir déjeuner, il cria qu'il n'avait pas faim. Comme elle insistait, il déclara ne pas avoir terminé sa présentation pour le cours de sciences et finit par obtenir gain de cause en promettant d'emporter une collation plus substantielle à l'école. Puis il ferma le bocal contenant la sangsue, le glissa dans son sac en prévision du cours de sciences, descendit à l'ultime seconde, embrassa sa mère en coup de vent et fonça attraper l'autobus. Sa mère ne s'aperçut pas qu'il avait enfilé des gants. Il ne pourrait les garder en classe, mais il avait prévu le coup : en dessous, un bandage enveloppait la main atteinte. Il n'aurait qu'à prétendre qu'il s'était blessé. Tout le monde n'y verrait que du feu.

Le stratagème fonctionna exactement comme prévu. Olivier devint même une sorte de vedette. Ses copains voulurent voir la main « blessée » et réclamèrent des détails sur l'accident. Il se fit un plaisir de leur en inventer. Seule Mélodie ne fut pas dupe.

— Je croyais que tu t'étais fait soigner ?

— Pourquoi crois-tu que j'ai la main bandée ?

— On ne bande pas toute la main juste pour un doigt.

Ce qu'elle pouvait être chiante ! Il noya le poisson, mais Mélodie était d'une nature méfiante. Heureusement, la cloche sonna, mettant fin à l'interrogatoire.

Arriva le cours d'anglais. Peu intéressé, Olivier laissa son esprit vagabonder du côté de Bifrost. Il aurait cent fois préféré être avec Yanelle. Ses yeux dérivèrent sur le bocal, dans le sac à ses pieds. S'il osait… Il retira discrètement le bandage et s'affaissa un peu sur son siège. Assez pour atteindre le couvercle et le dévisser. Cela fait, il s'accota sur son pupitre en laissant pendre la main. Le bout de ses doigts effleurait l'eau. Il n'y avait qu'à attendre. La morsure désormais familière du parasite survint peu après, le catapultant presque instantanément au pays des songes.

11

— Tout de même ! On peut dire que tu dors dur.

Il faisait nuit. Trois foyers barraient l'entrée de la caverne sur sa largeur, projetant des ombres aux formes fantastiques sur les parois rocheuses.

— À toi la relève. Je vais me reposer, j'en ai besoin. Surveille le feu, qu'il ne s'éteigne pas.

Mal réveillé, Olivier hocha la tête en signe d'assentiment. Yanelle le remplaça sur le matelas d'herbes tandis qu'il s'approchait du bois en train de brûler. Des bruits qu'il ne connaissait pas hachaient le silence nocturne, entre les crépitements du feu et les stridulations des insectes. Des cliquetis et un frottement mouillé, comme si on traînait quelque chose de lourd et d'humide sur le sol, au-delà de la bande de lumière mouvante qui formait une espèce de frontière entre leur abri et le monde extérieur.

Il remit des branchages dans les flammes pour les raviver. L'entrée de la grotte découpait un pan de ciel qu'il examina avec curiosité. Sur Terre, il lui était arrivé d'observer les étoiles avec son père, qui lui nommait les principales constellations. À la campagne, quand l'air était très pur, on apercevait parfois la Voie lactée. Ici, au lieu du ruban laiteux sabrant la voûte céleste, une sorte d'anneau au centre sombre occupait une bonne partie du firmament. À droite, quatre étoiles dont une rouge formaient un losange, et trois lunes de taille différente traversaient le ciel à la queue leu leu. Devant pareil spectacle, ses derniers doutes s'évanouirent. Il ne pouvait s'agir d'un rêve.

Un son le tira de sa contemplation.

Il avait passé plus de temps qu'il croyait perdu dans ses pensées, car les feux avaient diminué d'intensité. Olivier prit une brassée de bois et s'empressa de les alimenter. Les flammes des deux premiers foyers s'élevèrent, nourries du combustible, mais dans sa précipitation, il étouffa le troisième, créant une tranche d'ombre qui pénétrait dans leur refuge.

Dehors, les bruits se firent plus forts. L'adolescent leva la tête. Du côté le plus sombre de l'entrée surgirent cinq minisoleils jaunes : des yeux. Les caraques !

Les poils se hérissèrent sur sa nuque. Il souffla avec énergie sur les braises mourantes. Puis quelque chose tomba sur le sol, à deux pas : une petite boule noire bardée de piquants et fixée à un long filament dont la seconde extrémité demeurait invisible. Olivier la repoussa du pied et s'activa pour ranimer le feu.

— Allez, rallume-toi. Brûle.

D'autres boules atterrirent autour de lui. L'une d'elles échoua dans le foyer central. Il y eut un grésillement suivi du sifflement aigu d'une bouilloire et l'objet éclata avec un « pouf » de châtaigne qui crève sous la cendre. Une odeur nauséabonde de chair brûlée envahit la caverne.

Olivier toussa. Le feu reprenait lentement. Les flammes léchaient paresseusement les branches, comme indécises, comme si elles rechignaient à l'ouvrage. Une flamme un peu plus énergique vira du bleu au jaune et le bois s'enflamma enfin.

Au même instant, une boule noire percuta le bras d'Olivier. Il hurla. Là où les pointes l'avaient touché, la chair fondait en moussant. Une douleur atroce lui vrilla les nerfs, se frayant un chemin jusqu'au cerveau. Les épines s'enfonçaient. Alors, le filament qui reliait la boule à la caraque se tendit. La secousse lui arracha un cri de souffrance.

— Yanelle, à moi ! Yanelle !

La caraque l'attirait à elle, pêcheur animal ayant ferré son poisson humain. Elle allait le dévorer.

Il lutta pour échapper à son sort, mais plus il résistait et plus les pointes se foraient un chemin dans ses muscles. Il en vit une ressortir de l'autre côté du poignet. Une goutte d'acide perlait à son extrémité.

La douleur devint si vive qu'il perdit connaissance.

12

Quand il s'éveilla, Olivier était couché dans un lit d'hôpital. Un médecin examinait sa main.

— Alors, ça va mieux, mon bonhomme ? Tu nous as causé une sacrée frousse.

Sa mère entra dans son champ de vision, le visage ravagé d'inquiétude.

— Dis-moi ce qui t'arrive, mon chéri. Qu'est-ce que tu t'es fait à la main ?

— As-tu mal là ? interrogea l'homme en blouse blanche qui lui palpait les doigts, la paume, le poignet.

Olivier secoua la tête. Sa mère voulut en savoir davantage.

— C'est grave, docteur ?

— Difficile à dire. Première fois que je vois ça. Les tissus semblent sains, malgré leur coloration. Il n'y a pas d'infection et je n'aperçois de blessure nulle part, sauf à l'extrémité de l'index, là. Quelque chose t'a piqué ?

Il fit signe que non en espérant que personne ne songerait à la sangsue.

— Le plus sage serait de le garder en observation. Quelques tests nous diront ce qui cloche. Ne vous en faites pas, madame. Tout ira bien.

— Tu as entendu, mon trésor ? Tu vas passer la nuit à l'hôpital.

Non. C'était hors de question. Il devait retourner sur Bifrost. Peut-être avait-il mis Yanelle en péril par sa négligence.

— Ne me laisse pas, maman. Je veux rentrer à la maison.

— Calme-toi, mon chéri. C'est pour ton bien. Il n'y a rien à craindre. Je resterai avec toi ; ton père nous rejoindra plus tard et nous passerons la soirée ensemble.

Il comprit que protester ne servirait à rien.

Sa mère l'attendit pendant qu'on le promenait à gauche et à droite. On radiographia ses poumons, on préleva de son sang, on le fit respirer dans un tube, on le palpa des pieds à la tête, on lui examina les yeux avant de le ramener à sa chambre où se morfondait sa mère.

Les heures s'écoulèrent, interminables. L'esprit d'Olivier retournait sans cesse à la caverne qu'assiégeaient les caraques. Son père survint peu avant le souper. Ils regardèrent la télévision miniature accrochée au-dessus du lit jusqu'à vingt-deux heures, moment où l'on annonça que les visiteurs devaient se retirer. Quand ses parents partirent, sa mère pleurait comme une Madeleine. Elle promit de revenir à la première heure le lendemain.

Une fois seul, Olivier se mit à penser à Yanelle. Que se passait-il là-bas ? Les caraques avaient-elles franchi la barrière de feu et envahi la grotte ? Yanelle avait-elle réussi à leur échapper ? Et lui ? Une caraque était-elle en train de déguster ses chairs ? Autant de questions qui demeuraient sans réponse. Le sommeil ne vint que longtemps après, un sommeil sans rêves où Bifrost n'avait pas sa place. Olivier dormit jusqu'aux petites heures du matin lorsqu'une pensée terrible le réveilla : la sangsue n'était pas chez lui ! Elle était restée prisonnière de son bocal, dans son sac, à l'école !

13

Le lendemain, le médecin s'entretint longuement avec sa mère avant qu'on ne l'autorise à quitter l'hôpital. Olivier bouillait d'impatience. Il devait retrouver la sangsue au plus vite.

— Est-ce que je pourrai aller en classe aujourd'hui?

Les cernes sous les yeux de sa mère témoignaient de ce qu'elle venait de traverser une nuit blanche.

— Le docteur préfère que tu gardes le lit un jour ou deux. Les analyses n'ont rien révélé d'anormal, mais la couleur de ta peau l'inquiète. Il aimerait avoir l'avis d'un dermatologue.

Ils rentrèrent à la maison. Sa mère demanda s'il

avait faim et il grommela que non, puis elle l'accompagna jusqu'à sa chambre, le borda comme s'il était encore un bébé et s'en fut, lui recommandant plutôt dix fois qu'une de se reposer et de ne pas hésiter à l'appeler s'il avait besoin de quoi que ce soit. Ironie du sort, la seule chose qu'il aurait voulue, il ne pouvait la demander.

Où se trouvait son sac à présent? Dans le bureau du directeur? Avait-on découvert le bocal? Qu'en avait-on fait? Et si on s'était débarrassé de son contenu? Le professeur de biologie avait-il confisqué l'invertébré pour ses propres expériences? Il n'obtiendrait la réponse à ces questions qu'à l'école et il était coincé chez lui sans espoir d'en sortir avant deux ou trois jours. Jamais il ne tiendrait le coup. La folie aurait raison de lui avant. Déjà, son esprit tournait en rond, tel un lion en cage. La sangsue, la sangsue… Qu'était-elle devenue?

En bas, la sonnette retentit soudain. Olivier entendit sa mère ouvrir. Suivit un bref conciliabule, puis des pieds gravirent l'escalier. On cogna à la porte de sa chambre.

C'était Mélodie.

— Salut. Je te rapporte ton sac.

Il se sentit revivre. Après les ténèbres, le soleil resplendissait de nouveau.

— Super, merci. Donne.

Elle s'approcha du lit, lui remit le sac qu'il ouvrit fébrilement. Ouf! Le bocal s'y trouvait encore.

Mélodie examinait ce qui l'entourait avec intérêt.

— Tu as rapporté le poisson ?

— Oui. Tu n'as pas de devoirs à faire ?

Il lui tardait qu'elle s'en aille pour toucher la sangsue et repartir sur Bifrost.

— Pas aujourd'hui, fit Mélodie en s'asseyant au pied du lit. J'aime bien ta chambre.

— Tu ne peux pas rester, le docteur veut que je me repose.

— On dirait que ça t'ennuie que je sois là. Tu ne m'aimes plus ?

— C'est pas ça, mais…

— Mais quoi ?

En se rapprochant, Mélodie accrocha du pied le sac, dont le contenu se répandit sur le sol.

— Beurk ! Qu'est-ce que c'est que ça ? fit-elle à la vue du bocal.

— Une sangsue. Je voulais la présenter au cours de sciences.

Mélodie se pencha, prit le pot du bout des doigts pour en examiner de plus près l'intérieur.

— Depuis quand les sangsues sont-elles mauves ?

— Ce n'est pas une sangsue ordinaire.

— Une mutation ?

Olivier fut surpris. Cette hypothèse ne l'avait pas effleuré. En fin de compte, Mélodie était moins idiote qu'il le croyait.

— Peut-être, répondit-il, agacé de ne pas y avoir songé lui-même. Donne.

Au lieu de lui remettre le bocal, Mélodie fronça les sourcils et le dévisagea intensément.

— Pourquoi tu me regardes comme ça ?

— C'est drôle, je n'avais jamais remarqué qu'il y a du violet dans tes yeux.

— Ah !

Olivier sentit son front se couvrir de sueur.

— Le même violet que sur ta main et…

Mélodie recula comme son ami tendait le bras pour récupérer son bien.

— Donne-moi le bocal, gronda-t-il.

— Pas avant d'avoir eu des explications. La sangsue a un rapport avec ta maladie, c'est ça ?

— Je n'ai rien à dire, se buta Olivier.

— Peut-être que tes parents le savent. Ils me renseigneront, eux.

Elle fit mine de partir avec le bocal.

— Attends ! l'arrêta Olivier, pris de panique.

— Alors, qu'est-ce qu'elle a de si spécial, cette sangsue ?

Olivier eut un soupir de dépit.

— Avec elle, on peut voyager très, très loin.

Les sourcils de son amie s'incurvèrent.

— Voyager ? Qu'est-ce que tu racontes ?

— Rien d'autre que ça. C'est difficile à expliquer. Il

faut l'essayer pour le comprendre. Elle te transporte sur une autre planète.

— Sur une autre planète ! ? Tu divagues ou quoi ?

Olivier secoua la tête. Non, il n'était pas fou. Puis il se mordit les lèvres en se traitant d'idiot. Au lieu de dévoiler la vérité, il aurait dû lui servir une fable.

— Tes parents sont au courant ? insista Mélodie, comprenant qu'il croyait dur comme fer à ce qu'il disait.

— Si tu tiens à me revoir, grinça-t-il entre ses dents, tu ne raconteras rien de ce que je viens de te révéler à qui que ce soit. Surtout pas à mes parents.

La menace eut l'effet escompté.

— D'accord, je me tairai. Mais je veux en savoir plus.

— Rends-moi d'abord le bocal.

Elle s'exécuta, trop heureuse de se débarrasser de l'horreur qui trempait dans l'eau trouble. Enfin rassuré, Olivier lui narra ce qui s'était passé en évitant de mentionner Yanelle. C'est bien connu, les filles ne supportent pas la concurrence.

— D'après moi, déclara Mélodie, sceptique, quand il eut terminé, ce monde dont tu parles est purement imaginaire. Il n'existe que dans ta tête.

— Impossible, s'insurgea-t-il. C'est trop réel. T'as qu'à en faire l'expérience toi-même. Tu verras ce que je veux dire.

— Toucher ce truc dégueulasse ? Jamais de la vie.

Méfie-toi, Olivier, ce petit jeu est peut-être plus dangereux que tu le penses.

Il haussa les épaules. Rien qu'une froussarde. Son plus grand désir à présent était qu'elle disparaisse.

Comme si elle lisait dans ses pensées, Mélodie annonça qu'elle ne pouvait rester davantage.

— Je repasserai prendre de tes nouvelles.

Elle l'embrassa sur la joue, ce qui lui fit chaud au cœur, bien qu'il ne l'avouât pas. Au fond, il avait de l'affection pour elle.

Il attendit que le bruit des pas dans l'escalier s'éteigne avant de soulever le bocal. La sangsue s'agita. Curieux. Pour un peu, il aurait juré que l'animal l'avait reconnu, qu'il était heureux de le revoir. Sans attendre davantage, Olivier retira le couvercle et plongea sa main dans le liquide.

14

— Tu n'imagines pas comme j'ai eu peur, Skip. J'ai cru que je t'avais perdu pour de bon.

Il était allongé sur la couche d'herbes sèches dans la grotte. Un bandage lui couvrait le bras du poignet jusqu'au coude. Les larmes baignaient les yeux de Yanelle qui s'était agenouillée près de lui.

— Combien de temps?

— Deux jours et une nuit. Ce sont tes cris qui m'ont alertée. Une caraque était en train de te tirer dehors. Cinq minutes de plus et tu étais mort. Pourquoi ne t'es-tu pas servi de ton arme pour te libérer? J'ai tranché son appendice avec mon couteau, mais les dards avaient pénétré trop profondément dans la chair.

J'ai dû les brûler avec un tison pour éviter le pire. Ces saletés ont fait du dégât en explosant.

Olivier se souvint de la boule noire qui avait atterri dans le feu et de la violence avec laquelle elle avait éclaté. Quand il voulut remuer les doigts, ceux-ci refusèrent de bouger. Aucune sensation ne lui parvenait de sa main, au-delà du poignet.

— Tu es sûrement très faible, mais je préfère ne pas rester une minute de plus ici. Les caraques s'enhardissent. Hier, une a bien failli entrer après avoir recouvert le feu de sable. Si tu t'en sens capable, nous pourrions reprendre la route. En partant sur-le-champ, nous aurons traversé la plaine des Désespérés avant la nuit.

— D'accord.

Il se leva et l'aida de son mieux à rassembler leurs maigres possessions. À l'extérieur de la caverne, le sol semblait avoir été piétiné par une armée. De drôles d'empreintes en forme de demi-lune marquaient la terre friable et limoneuse. Pourtant, rien de vivant n'était visible à l'horizon.

Ils descendirent le flanc de la colline en pente douce jusqu'à la plaine. Les graminées y poussaient dru et les dépassaient de trente bons centimètres. S'enfoncer dans cette mer de verdure sans boussole signifierait perdre tout point de repère, marcher à l'aveuglette en espérant rester dans la bonne direction, car les plantes masqueraient tout.

— Comment allons-nous trouver notre chemin là-dedans ? s'inquiéta Olivier.

— Les Anciens ont tout prévu. Regarde.

De son sac, elle sortit une boîte au couvercle transparent renfermant un scarabée aussi gros que le poing. Noir, les élytres luisants, doté d'une énorme bosse sur le dos, l'insecte frétillait pour s'évader de sa prison.

— Un scarabée voyageur, expliqua Yanelle. Sa femelle est restée au village et il n'a qu'une envie : la rejoindre au plus vite. Quand je l'aurai relâché, il nous suffira de le suivre pour qu'il nous conduise directement de l'autre côté, mais il ne faut pas le perdre de vue, sinon nous nous égarerons à coup sûr. Pas question de s'arrêter avant d'avoir franchi la plaine. Tu es prêt ?

— Oui.

— Alors, allons-y.

Elle souleva le couvercle. Le scarabée escalada le côté de la boîte et se laissa tomber sur le sol. À peine eut-il touché terre qu'il se faufila entre les hautes herbes, suivi de Yanelle à qui Olivier emboîta le pas. L'océan végétal les engloutit.

Les grandes tiges souples ployaient sous leurs pas, se redressant vigoureusement après leur passage. Devant, le petit animal progressait à vive allure sans dévier d'un centimètre de sa route.

Le soleil grimpa et la chaleur aussi. Même si les graminées les dépassaient largement, il n'y avait pas beaucoup d'ombre. Ils étouffaient, comme si l'air, chargé d'humidité, stagnait au-dessus de leurs têtes, pesait sur leurs épaules telle une chape de plomb. Olivier suait abondamment. Dieu! qu'il aurait aimé plonger dans un lac ou une piscine.

— Garde la cadence, Skip, sinon il va nous perdre.

Sans qu'il s'en rende compte, son pas avait ralenti, de sorte que le scarabée et Yanelle avaient gagné du terrain. Il força l'allure pour les rattraper.

Yanelle gardait les yeux rivés sur la carapace moirée du coléoptère qui trottinait de toutes ses pattes. Des gouttes de transpiration sinuaient dans son cou, et sa veste portait maintenant des taches sombres, sous les aisselles et aux omoplates.

— Olivieeeer… Ooooliiiivier…

Il tourna la tête. Qui l'avait appelé?

— Yanelle, tu as entendu?

— Entendu quoi?

— Mon nom. Quelqu'un a crié mon nom.

— N'y prête pas attention. Ce sont les Désespérés. Ils veulent t'égarer. Concentre-toi sur le scarabée.

Il obéit mais, quelques minutes plus tard, la plainte revint, hypnotique.

— Ooooliiiivier… Olivieeeer…

On aurait juré… Il lui sembla reconnaître la voix de sa mère.

— Ooooliiiivieeeer…

Il pivota instinctivement du côté de l'appel, cherchant à percer l'enchevêtrement de tiges afin d'en découvrir l'origine. Cela ne lui prit que quelques secondes mais, quand il retourna la tête vers l'avant, à l'endroit où aurait dû se trouver Yanelle, il n'y avait plus qu'un mur d'herbes.

Il était perdu dans la plaine des Désespérés.

15

— Yanelle, Yanelle…
— Ooolivier… Oliiiivier…

La réponse fusa de la droite, aussitôt suivie par une autre sur sa gauche, puis par une troisième, qui émanait d'une direction diamétralement opposée. Impossible de savoir d'où venait la bonne, si bonne il y avait.

Il était seul, frêle esquif humain perdu dans un océan de verdure. Yanelle l'avait pourtant prévenu : ne jamais perdre des yeux le scarabée.

Olivier se demanda combien de temps il restait avant la nuit. Les caraques s'aventuraient-elles dans la plaine des Désespérés ? Il ne tenait pas vraiment à le vérifier. Et ces voix qui l'appelaient sans cesse et s'approchaient lentement? Qui étaient ces « Désespérés » au juste? Étaient-ils aussi dangereux que semblait l'être tout ce qui vivait dans ce monde?

Il existait sûrement une façon de se tirer d'affaire, un moyen de s'orienter dans cet enfer vert. Olivier chercha autour de lui. D'abord, il ne vit rien, mais, en regardant plus attentivement, il s'aperçut qu'une petite feuille gainait la tige de chaque graminée, à sa base. Toujours au même endroit, un peu comme la mousse qui tapisse le côté nord des arbres, sur Terre.

Quand il avait perdu de vue Yanelle, le soleil se trouvait un peu au-dessus de son épaule gauche. L'astre n'avait encore guère eu le temps d'infléchir sa course. Olivier pivota de manière à avoir le soleil à sa gauche et nota l'emplacement de la foliole. En vérifiant celle-ci de temps en temps, au moins ne tournerait-il pas en rond.

Encouragé par sa découverte, il se leva et repartit vaillamment. Tous les cent pas, il se penchait, examinait le pied des plantes et rectifiait le cap grâce à la feuille.

Il marcha ainsi des heures, uniquement escorté par les cris tantôt proches, tantôt lointains des Désespérés et par le bruissement incessant du vent dans le champ. Le soleil avait passé son zénith depuis longtemps et déclinait rapidement à présent. Bien qu'Olivier ait eu l'impression d'avoir parcouru des dizaines de kilomètres, le paysage demeurait immuable. Le doute s'insinua dans son esprit. Et s'il s'était trompé? Si la feuille n'était pas toujours à la même place? Il lui faudrait peut-être des jours, voire des semaines avant de sortir de cette immensité mouvante. Qui sait s'il ne finirait pas comme ces Désespérés qui l'invitaient sans relâche à les rejoindre et ne tournerait pas jusqu'à la folie dans ce labyrinthe de tiges.

Son corps se faisait de plus en plus lourd. Il avait du mal à soulever les jambes pour marcher. Son bras mort lui-même était un fardeau. Il aurait voulu s'étendre sur le sol et dormir, bercé par le froissement des épis qui se balançaient mollement sur leur chaume. Seule la crainte des Désespérés le motivait encore.

Il persévéra, posant un pied devant l'autre tel un automate, la tête vide. Puis, au moment où le décourage-ment allait avoir raison de lui, il trébucha. Le sol mon-tait! Quelques dizaines de mètres de plus et les herbes se mirent à rapetisser, sa tête émergea de la mer sèche et il put voir alentour. Il avait réussi, il avait traversé la plaine. Fourbu, il s'allongea par terre pour sombrer immédiatement dans un profond sommeil.

16

— Tu as de la visite, mon trésor.

La voix de sa mère. Olivier ouvrit les yeux. Il était revenu dans sa chambre.

— De la visite ?

— Oui. Entre, Mélodie.

Mélodie ! Encore. S'il y en avait une qu'il aurait pré-féré ne pas revoir, c'était bien elle.

— Salut.

— 'lut.

— Je vous laisse, les jeunes. Tenez, j'ai monté des biscuits et du lait.

Sa mère déposa un plateau sur la table de chevet et s'éclipsa.

— Comment tu te sens ?

— Ça va, ronchonna-t-il, de mauvais poil.

Il prit un biscuit, le grignota sans s'occuper de Mélodie. Il n'avait pas envie d'être aimable. Peut-être comprendrait-elle le message. Si elle s'en allait, il pourrait retourner sur Bifrost.

Tandis qu'il levait le bras pour boire son lait, la manche de son pyjama glissa et Olivier s'aperçut que la couleur avait encore gagné du terrain. Désormais, le violet arrivait au coude.

Mélodie s'en rendit compte également et poussa un cri d'effroi.

— Regarde ton bras ! Il est deux fois plus atteint qu'hier.

— C'est pas grave. Je ne sens rien et le médecin dit qu'il n'y a pas d'infection. Je suis un peu plus fatigué qu'avant, c'est tout. D'ailleurs, il faut que tu partes. J'ai des choses importantes à faire.

— Qu'as-tu de si important à faire dans ton lit ? Ah ! c'est vrai, j'oubliais : ton monde imaginaire, railla-t-elle.

Il s'offusqua.

— Pas si imaginaire que tu crois.

— Olivier, sers-toi de ta tête. Comment une sangsue enfermée dans un bocal pourrait-elle t'emmener à des milliers d'années-lumière d'ici ? C'est ridicule. Tu as rêvé, voilà tout. Le poison qu'elle t'inocule à chaque morsure en est sûrement la cause. Tu dois arrêter sinon elle finira par te tuer.

De quoi se mêlait-elle ? Bof ! Après tout, qu'elle croie ce qu'elle voulait. Cela ne l'empêcherait pas de continuer. D'ailleurs, il n'attendrait pas qu'elle s'en aille.

S'emparant du pot, Olivier entreprit de l'ouvrir devant les yeux ahuris de Mélodie.

— Qu'est-ce que tu fabriques ?

— Je pars. Adieu.

— Tu es fou ! Donne-moi ça.

Ils luttèrent pour le bocal jusqu'à ce qu'il leur échappe des mains et aille se fracasser sur le sol.

— Noooon !

Les éclats de verre, l'eau s'éparpillèrent. D'en bas monta la voix de sa mère.

— Vous avez fait un dégât, les enfants ?

Olivier lui cria que non, qu'elle ne se dérange pas, puis sauta hors du lit en prenant soin de ne pas poser les pieds sur les tessons qui constellaient le plancher. La sangsue n'était visible nulle part.

— Aide-moi à la retrouver, commanda-t-il à Mélodie, changée en statue de cire.

— Pourquoi ?

— Pour la remettre à l'eau, idiote. Dépêche-toi, avant qu'elle suffoque.

Mélodie aurait nettement préféré cette solution. Cependant, pour l'amour d'Olivier, elle se mit à quatre pattes et finit par découvrir la masse molle et visqueuse sous la commode.

— Ici.

— Va chercher de l'eau dans la salle de bains.

Elle obéit, revint peu après munie d'un verre.

Avec un crayon, Olivier poussa la sangsue sur une feuille de papier qu'il souleva délicatement afin de faire glisser la bête dans le récipient que tenait Mélodie. Malheureusement pour lui, il s'y prit mal et la sangsue tomba sur le poignet de son amie.

— Aaaaah !

L'invertébré avait réagi, mordant la chair qu'on lui offrait pour s'y fixer. Olivier le vit aspirer le sang.

— Fais quelque chose. Viiiite !

L'hystérie gagnait Mélodie. Si Olivier n'arrivait pas à la faire taire, ses cris alerteraient sa mère, qui grimperait voir ce qui se passait. Il pinça donc la chair caoutchouteuse au ras de la gueule jusqu'à ce que la bête lâche prise, puis la remit dans l'eau. Une petite tache violacée marquait la peau de Mélodie à l'endroit où elle avait été mordue.

— Ça va ? demanda Olivier, inquiet.

— Je crois, oui. Mais je me sens… si… fatiguée…

Et elle s'écroula, sans connaissance.

17

Où diable était-elle ? Pas dans la chambre d'Olivier, en tout cas. Qu'était-il arrivé ? Mélodie rassembla ses souvenirs. L'horrible bête l'avait attaquée — elle réprima un frisson —, puis un trou noir. Et à présent, il y avait ce champ impossible dont elle était incapable de deviner l'étendue. Les herbes étaient si hautes qu'elle n'arrivait pas à voir par-dessus, même en sautant.

Comment était-ce possible ? Olivier disait-il la vérité quand il prétendait se rendre sur cette planète qu'il appelait Bifrost ? Elle constata avec horreur que sa peau avait pris une teinte violette partout sur son corps, sauf à l'endroit où elle avait été mordue. La sangsue lui avait-elle inoculé la maladie dont souffrait

Olivier ? Mélodie se ressaisit. Elle y réfléchirait plus tard. Dans l'immédiat, le plus important était de se sortir de là.

Les tiges fléchissaient sous ses pieds avant de se relever, effaçant toute trace de son passage derrière elle. Elle avait l'impression de se déplacer dans une bulle : le paysage ne changeait jamais. Tournerait-elle en rond qu'elle ne le saurait pas. Exactement comme les Dupondt dans *Tintin au pays de l'or noir*.

Et cette chaleur. Torride ! Les rayons du soleil la cuisaient littéralement. L'ombre était inexistante et les herbes piégeaient l'énergie solaire, transformant le pré en un véritable four.

Après avoir marché ce qui lui parut une éternité, elle s'arrêta et s'assit par terre, fourbue.

Un endroit pareil ne pouvait exister. Cette saleté de sangsue lui avait injecté une substance inconnue qui créait des hallucinations, lui faisait voir des choses sorties tout droit de son imagination, c'était la seule explication. Son imagination ? Pourtant, les sensations étaient bien réelles : la piqûre du chaume sous ses fesses, les feuilles qui bruissaient dans le vent, l'odeur entêtante et un peu aigre des graines en train de mûrir…

Et si elle était morte ? Si elle était non pas au paradis, bien sûr, mais en enfer ? au purgatoire ? advenant le cas où de tels lieux existaient.

L'affolement la gagnait.

Elle se leva et, usant de ses mains comme d'un porte-voix, cria :

— Olivier, où es-tu ? Réponds.

Rien. Que le silence et les soupirs de la nature. Puis, au moment où elle s'y attendait le moins, une réponse fusa à sa droite.

— Mélodiiie…

La voix d'Olivier ! L'espoir renaquit. Elle se dressa d'un bond, mue par une énergie nouvelle, et se mit en route en direction de la voix. Elle avait parcouru quelques centaines de mètres quand l'appel se refit entendre.

— Mééélodiiie…

À gauche, cette fois. Elle avait dû aller trop loin. Elle bifurqua. Le cri revint encore, d'un endroit totalement différent. À quoi jouait Olivier ? Elle ne trouvait pas cela drôle une miette. Subitement, une idée terrible lui traversa l'esprit. La voix ressemblait à celle de son ami, mais était-ce bien la sienne ? Elle s'immobilisa, aux aguets, attendant en vain que la voix se manifeste à nouveau, mais il n'y eut plus que le murmure du vent dans les graminées et le martèlement de son cœur dans sa poitrine. Alors, elle eut l'absolue certitude qu'elle était perdue, loin de tout ce qui lui était familier, qu'elle ne sortirait jamais de ce cauchemar, qu'elle mourrait même, à petit feu, et ses yeux se mouillèrent de désespoir.

À ce moment, des ricanements jaillirent de partout et les herbes se mirent à remuer autour d'elle.

18

Olivier déposa Mélodie sur le lit. Dans son verre, la sangsue avait repris sa position habituelle, enroulée sur elle-même, coite, insensible à l'émoi dont elle était la cause. Il quitta la chambre, ouvrit le placard jouxtant la salle de bains et en sortit ce qu'il fallait pour débarrasser le plancher des fragments de verre qui le jonchaient afin que personne ne se blesse. Cela fait, il remit balai et ramasse-poussière à leur place.

En bas, sa mère s'activait toujours, inconsciente du drame qui venait de se jouer à l'étage. Olivier retourna dans la chambre.

Voilà donc ce qui se produisait après que la sangsue avait fait son œuvre : le corps sombrait dans une profonde léthargie, une sorte de catalepsie qui permettait à l'esprit de s'en libérer pour en réintégrer un autre, loin, très loin, sur une planète appelée Bifrost, perdue parmi les nuages de gaz interstellaires, les nébuleuses et les amas d'étoiles. Tout cela, Olivier le soupçonnait déjà sans en avoir jamais eu la preuve.

Il secoua Mélodie, mais elle ne se réveilla pas. Son sommeil agité l'inquiéta davantage : elle grimaçait, tressautait, remuait sans cesse la tête au front ruisselant de sueur.

Il lui murmura son nom à l'oreille, sans succès. Elle refusait de sortir de sa torpeur. Cela ne pouvait durer. Il fallait agir avant que quelqu'un s'interroge à leur sujet et vienne aux nouvelles.

Un mouvement attira son attention.

La sangsue bougeait. Elle se dépliait, roulait, nageait lentement entre deux eaux. Il ne l'avait jamais vue se comporter ainsi. On aurait juré qu'elle cherchait à attirer son attention.

Alors il eut un éclair de génie. Si Mélodie était incapable de revenir, lui pouvait aller la chercher.

19

Des mouvements, des chuchotements, des rires partout autour d'elle. Mélodie ignorait qui ou ce qui l'épiait derrière l'épais rideau d'herbes, mais elle doutait que ce fût pour son bien.

Elle tressaillit.

On venait de lui taper sur l'épaule.

Le temps qu'elle se retourne et fouille des yeux l'inextricable matelas derrière elle, on lui frôla la cheville. La sensation ne dura qu'un instant, mais impossible de s'y méprendre. Elle avait senti comme la caresse d'un linge froid et humide sur sa peau.

— Qui êtes-vous ? Montrez-vous ! Laissez-moi tranquille.

Les gloussements se multiplièrent. On se moquait d'elle, de sa détresse, de son impuissance. Puis on lui toucha encore l'épaule.

— Assez, assez.

La peur s'insinua en elle, tel un ver rongeant son chemin dans un fruit. Une peur affreuse, viscérale : celle de la proie traquée par un fauve dont elle devine la présence mais qu'elle ne voit pas. Prise de panique, Mélodie se leva d'un bond et fonça devant elle sans rencontrer la moindre résistance. Fuir. Fuir le plus vite et le plus loin possible de cet endroit maudit. Elle courut à perdre haleine jusqu'à ce que ses poumons s'embrasent d'un feu aussi brûlant que celui du soleil. À bout de souffle, elle tomba à genoux.

Les rires reprirent de plus belle, aussi narquois, aussi près qu'avant.

Cette fois, elle ne put se retenir. Elle enfouit sa tête dans ses mains et éclata en sanglots. Tandis que les larmes roulaient sur ses joues, on lui frappa le dos, on lui tira les cheveux, on lui pinça les bras et les jambes. Des dizaines d'yeux jaunes clignotèrent dans les ténèbres, entre les tiges.

Puis une main aux longs doigts gris et squelettiques émergea de la savane pour s'approcher de son cou.

20

Le pouvoir de la sangsue gagnait en puissance, car Olivier se retrouva instantanément à la lisière de la plaine des Désespérés. Seul. Sans quiconque à l'horizon. Aucune trace de Mélodie ni de Yanelle.

Il cria leur nom à tue-tête.

La réponse lui vint d'un point imprécis, sur sa droite, dans l'immense champ.

— Olivier, au secours !

Mélodie ! Pour une raison inconnue, son amie s'était matérialisée quelque part dans l'infernale prairie. Pas très loin, lui sembla-t-il. Il allait se précipiter à sa rescousse quand une main le retint.

— N'y va pas, Skip.

C'était Yanelle, surgie de nulle part. Comment avait-elle fait ? L'instant d'avant, il n'y avait âme qui vive alentour.

— Il faut aller la chercher.

— C'est trop tard, regarde.

Le bras de la jeune fille se tendit. Là-bas, les herbes frémissaient sans qu'il y ait pourtant le moindre souffle de vent. Des choses invisibles se déplaçaient, convergeaient vers un point.

— Elle s'est découragée et les Désespérés l'ont senti. Ils hument le désespoir comme une caraque la chair fraîche. C'est l'hallali. Tu ne peux plus rien pour elle.

— C'est ce qu'on va voir.

Il se dégagea d'un geste et fonça en direction du cercle qui se rétrécissait autour de Mélodie. Les herbes l'engloutirent, réduisant l'horizon à une toile abstraite de barres et de traits verticaux. Tout en courant, il cria :

— Courage, Mélodie. J'arrive. Guide-moi de ta voix.

— Par ici.

La réponse avait jailli devant lui. Malheureusement, il n'avait pas fait deux mètres qu'il entendit :

— Par iciii… Paaar iciii…

On cherchait à l'égarer, car les cris émanaient d'un endroit totalement différent. Il poursuivit dans la même direction sans s'en occuper. Pris d'une inspiration subite, il lança :

— Chante, Mélodie. Fort.

D'autres explications ne furent pas nécessaires. La voix de son amie s'éleva aussitôt, entonnant une chanson populaire à l'école. D'autres voix reprirent les paroles un peu partout, mais maladroitement et avec un temps de retard. Les mystérieux interprètes chantaient en canon avec Mélodie qui entamait déjà le couplet suivant. C'était comme assister à un concert dans un lieu plein d'échos.

Il se concentra sur la voix qui chantait juste, espérant qu'il atteindrait son but avant qu'il ne soit trop tard. Il progressait aussi vite qu'il le pouvait, bras tendus en avant pour écarter les herbes qui le fouettaient au passage. Il approchait, car les paroles gagnaient en force en dépit de la végétation qui les assourdissait. Il accéléra, bondissant tel un springbok dans le veldt sud-africain. Et soudain, il fut là.

Mélodie, accroupie, lui tournait le dos. Elle pivota au même instant, le visage décomposé par l'angoisse.

— Olivier, soupira-t-elle avec soulagement en se jetant contre lui.

— Ne crains rien, je suis là maintenant.

— Quand j'ai ouvert les yeux, ta chambre avait disparu et je me trouvais ici, perdue au milieu de cette… de cette jungle. Des inconnus m'ont appelée. J'ai d'abord cru que c'était toi, que tu me cherchais, mais je n'ai vu personne. Et puis… et puis…

Les sanglots l'étranglèrent.

— Me croiras-tu à présent quand je te dis qu'il ne s'agit pas d'un rêve ? Si c'en était un, nous ne serions pas là, en train de discuter ensemble.

Elle opina.

— Comment allons-nous rentrer ? Je veux retourner à la maison, Olivier. Je ne veux pas rester ici. Je n'aime pas ça. J'ai peur.

À peine avait-elle prononcé ces paroles que les plantes ondoyèrent autour d'eux. Olivier se souvint de ce qu'avait dit Yanelle : les Désespérés flairaient la détresse mieux qu'un chien de chasse un lapin. Il saisit Mélodie par les épaules.

— Écoute, nous devons d'abord sortir de la plaine et pour ça, il faut que tu me fasses confiance. C'est important. Surtout garde espoir, d'accord ?

Mélodie essuya ses yeux.

— Si tu le dis.

Olivier se pencha pour examiner le pied d'une plante, cherchant la petite feuille qui en enveloppait le collet et lui permettrait de s'orienter.

— Par là.

Ils s'enfoncèrent dans l'étendue verte et mouvante.

21

Cela faisait vingt bonnes minutes qu'ils marchaient, mais ils auraient aussi bien pu ne pas avoir avancé d'un pas. Le paysage, par son immuabilité, ne leur était d'aucun secours. Des herbes, encore des herbes, toujours des herbes. Olivier n'avait pourtant pas l'impression d'avoir mis beaucoup de temps à franchir la distance qui le séparait de Mélodie.

— C'est encore loin ? demanda timidement celle-ci.

— Je ne crois pas.

Pour la énième fois, il s'arrêta afin de vérifier une tige. Oui, ils progressaient dans la bonne direction. En apparence du moins. Et si la chance seule avait fait qu'il s'en sorte la première fois ? Si la foliole ne poussait pas toujours du même côté ? Dieu les en préserve. Dans ce cas, rien ne les sauverait.

On bougea tout près.

Surtout ne pas s'effrayer. Chasser toute appréhension, sans quoi ils auraient les Désespérés sur le dos.

Il n'y avait qu'une chose à faire : persévérer. Ils repartirent.

Les minutes s'égrenaient sans que l'interminable champ veuille les relâcher.

— Tu es sûr que c'est par là ?

Le doute, l'inquiétude, le désarroi déformaient la voix de son amie. Olivier s'abstint de répondre. Sûr ? Au début, il l'était, mais maintenant… Ils avançaient depuis une éternité alors qu'en arrivant, lui semblait-il, il avait parcouru le chemin en moins de temps qu'il n'en fallait pour le dire. Finalement, il s'arrêta et cria :

— Yanelle ! Yanelle !

Les Désespérés qui les escortaient en cachette reprirent aussitôt son appel en antienne.

— Je le savais, gémit Mélodie. On est perdus.

En face d'eux, les panicules s'agitèrent sur leur frêle tige. On approchait. Ah ! mais pas question qu'ils se laissent prendre aussi facilement. Il leur montrerait, à ces Désespérés, qu'ils n'avaient pas affaire à n'importe qui. Olivier serra les poings, déterminé à vendre chèrement sa peau. Les froissements étaient tout près à présent. Le rideau de plantes s'entrouvrit et Yanelle parut.

Le garçon eut un soupir de soulagement.

— Pressons, les Désespérés sont sur nos talons.

Ils lui emboîtèrent le pas sans discuter et Olivier s'aperçut qu'ils s'étaient arrêtés à quelques pas seulement du bord de la plaine. La végétation était si dense qu'une vingtaine de centimètres d'épaisseur suffisaient pour tout camoufler. Eussent-ils continué un peu dans la même direction qu'ils s'en seraient sortis sans aide.

Enfin en sécurité, Mélodie se colla contre Olivier et lui souffla à l'oreille :

— C'est qui, celle-là ?

22

— Mélodie, je te présente Yanelle. Yanelle, Mélodie.
Mélodie tendit la main, mais l'inconnue la dédaigna.

D'emblée, elle la jugea antipathique. Ses yeux améthyste trahissaient la duplicité, et son épiderme, d'un violet profond contrairement au leur, beaucoup plus pâle, n'était pas sans lui rappeler celui de la sangsue. Y avait-il un rapport? Les vêtements de Mélodie s'étaient métamorphosés eux aussi. La robe qu'elle portait pour rendre visite à Olivier avait disparu, remplacée par un confortable costume en peau de bête tannée. Tous les trois étaient accoutrés de la même manière, à cette différence près qu'un couteau et une besace rebondie pendaient à la ceinture de Yanelle et d'Olivier. Rien n'était accroché à la sienne.

— Allons-y, déclara sèchement Yanelle. Le jour décline vite.

Puis elle leur tourna le dos et s'en fut d'un bon pas.

Mélodie retint Olivier qui s'apprêtait à la suivre.

— Tu ne crois pas qu'il vaudrait mieux repartir? Nos parents vont s'inquiéter.

— Rentre si tu veux, moi je reste ici. Bifrost me plaît.

Elle redoutait une réponse de ce genre.

— Comment? Je ne sais même pas de quelle façon je suis arrivée ici.

— C'est facile. Y a qu'à se laisser mordre par la sangsue.

— Pour venir oui, mais pour s'en aller?

Olivier réfléchit.

— Chaque fois que je suis retourné sur Terre, c'est après m'être endormi.

— Et si je n'ai pas sommeil?

— Alors, tu aurais intérêt à nous suivre. Des tas de bêtes dangereuses rôdent dans le coin. Ce n'est pas un endroit pour les filles.

— Alors je suppose que Yanelle n'en est pas une, répliqua-t-elle du tac au tac.

— Si, répondit Olivier, un tantinet désarçonné, mais c'est différent. Elle est née ici. Elle connaît la planète comme le fond de sa poche.

La voix de l'intéressée coupa court à leur échange.

— Tu viens, Skip ?

Laissant Mélodie à ses réflexions, Olivier s'empressa de rattraper celle qui l'avait appelé. On aurait dit un petit toutou accourant au coup de sifflet de sa maîtresse. Mélodie en conçut de l'irritation. Elle se renfrogna avant de se résigner à les suivre.

Ils marchaient en direction du soleil couchant, Olivier et Yanelle côte à côte, Mélodie peinant derrière afin de ne pas se laisser distancer. De temps à autre, Yanelle tournait la tête et allongeait le pas dès que Mélodie les serrait d'un peu près. Ce manège n'échappa pas à cette dernière et renforça ses doutes sur l'honnêteté de leur guide. Yanelle ne voulait Olivier que pour elle et voyait en Mélodie sa rivale. Olivier, lui, ne se rendait compte de rien. Même son bras malade ne paraissait pas l'inquiéter outre mesure. Il accordait une confiance aveugle à Yanelle.

— Dans deux jours, au plus, nous arriverons à destination, annonça celle-ci à Olivier. Les Anciens concocteront le remède, ton bras guérira et tu pourras de nouveau mener une vie normale… avec moi.

— Et Mélodie ?

Yanelle eut un regard méprisant pour celle qui trottinait vaillamment derrière eux.

— Une fille ne m'est d'aucune utilité.

— D'aucune utilité ? Qu'est-ce que tu veux dire ?

— Euh… Je n'aime pas ton amie. Qu'elle aille au diable si ça lui chante. Personnellement, je n'ai aucune envie de mieux la connaître.

Olivier n'insista pas. Les filles avaient parfois des réactions bizarres. Elles s'entendaient comme larrons en foire jusqu'à ce qu'un garçon pointe le bout de son nez, après quoi elles étaient prêtes à s'arracher les yeux.

— Je connais un endroit sûr où passer la nuit, déclara Yanelle. Les caraques ne nous y dérangeront pas.

Ils y parvinrent environ une demi-heure plus tard. Juste à temps, car la fatigue tiraillait les muscles d'Olivier, même s'il s'était considérablement endurci depuis son premier séjour sur Bifrost.

Il s'agissait d'une cabane en rondins, ceinte d'un large fossé rempli d'eau, lui-même défendu par des pieux acérés profondément enfoncés dans le sol. On y accédait grâce à une passerelle qu'il suffisait de retirer afin d'en interdire l'accès. Mélodie, qui avait perdu du terrain, les rejoignit une quinzaine de minutes plus tard.

La cabane était déserte, mais ils y dénichèrent du bois pour le feu ainsi que des fruits et de la viande séchée. Visiblement, l'endroit était fréquenté. Les trois adolescents s'installèrent pour la nuit.

Pendant que Yanelle s'occupait du feu, Mélodie prit son ami à part.

— Olivier, chuchota-t-elle. Je n'ai pas confiance. Cette fille nous trompe. Elle ment comme elle respire.

Il haussa les épaules.

— C'est la jalousie qui te fait parler.

— Non. Il y a autre chose. Sa peau…

— Quoi ? Qu'est-ce qu'elle a ?

— Sa couleur. Elle est identique à celle de la sangsue.

— Et alors ? dit-il au bout d'un temps d'une voix moins assurée.

— Si c'était elle, la sangsue ?

Olivier s'esclaffa.

— C'est ça. Et moi je suis un escargot !

— Ris si tu veux. Je crois qu'elle ne mijote rien de bon.

— Explique.

— Je ne sais pas, mais cette drogue que la sangsue t'injecte engendre un plaisir qui t'incite à en reprendre sans te préoccuper de ta santé, qui va empirant.

— On me soignera au village.

— Et ton corps, le vrai ? Olivier, si tu ne réagis pas, tu finiras par t'endormir pour de bon. Jamais tu ne te réveilleras et la sangsue aura atteint son but, quel qu'il soit.

— Tu en parles comme s'il s'agissait d'un être intelligent.

— Certains animaux sont doués d'une intelligence redoutable quand il s'agit de se reproduire.

— Tu dis n'importe quoi. Et puis, les sangsues ne sont pas venimeuses. J'ai vérifié.

— Qui te dit que c'est une sangsue, après tout ? Elle en a peut-être seulement l'apparence.

Olivier haussa les épaules.

— Crois ce que tu veux, je m'en moque. De toute manière, ma décision est prise. J'irai jusqu'au village, je boirai le remède et plus jamais je ne remettrai les pieds sur Terre.

Mélodie ouvrit des yeux horrifiés.

— Mais, tes parents, tes amis…

— Ils se débrouilleront très bien sans moi. Et puis, j'en ai assez de l'école et de mes parents. Ici, au moins, je fais ce qui me plaît.

— Tu ne penses pas ce que tu dis.

— Si. Désormais, ma place est sur Bifrost et pas ailleurs.

Là-dessus, il la quitta pour aider Yanelle.

Décontenancée, Mélodie se demanda comment faire pour qu'Olivier revienne sur sa décision. Quelle tête de mule ! Elle étouffa un bâillement. Tous ces événements l'avaient épuisée. Elle s'allongea sur une des couchettes aménagées dans l'abri en écoutant distraitement Olivier et Yanelle converser. Puis ses paupières se fermèrent et elle s'endormit.

23

Mélodie se réveilla sur le lit d'Olivier, dans sa chambre.

Son ami dormait d'un profond sommeil à côté d'elle, son bras violet marbré de noir jusqu'au coude, comme s'il avait la gangrène… comme s'il était en train de pourrir.

Elle se leva. Ce qu'elle venait de vivre la laissait perplexe. Son esprit avait-il vraiment quitté son corps et franchi les espaces intersidéraux jusqu'à ce monde étrange pour y reprendre forme humaine ou ne s'agissait-il que d'un leurre, d'un artifice, d'une hallucination provoquée par la toxine que sécrétait la sangsue? Étrange. La sangsue l'avait mordue elle aussi, et pourtant elle n'avait aucune envie de répéter l'expérience. Comme si le venin n'avait pas d'effet sur elle, ou moins. Se pouvait-il que la drogue agisse différemment sur les filles ? Son regard bifurqua vers l'immonde bête, tapie au fond de son verre tel un être malfaisant attendant patiemment son heure.

Une envie lui vint : celle de détruire l'invertébré, de s'en débarrasser en le jetant dans la cuvette des toilettes et en actionnant la chasse. Mais qu'adviendrait-il d'Olivier dans ce cas ? Resterait-il prisonnier de son esprit sur cette planète qui n'existait que dans son imagination malade ? Le risque était trop grand. Mieux valait garder la bête vivante jusqu'à ce qu'Olivier revienne à lui. Il y avait cependant une autre solution : mettre la sangsue en lieu sûr, la cacher où son ami ne pourrait la trouver quand il se réveillerait. Il serait encore temps alors de s'en débarrasser.

Comme si elle avait deviné son intention, la bête s'agita dans sa cellule translucide. Mélodie chercha autour d'elle et finit par découvrir un pot en plastique muni d'un couvercle. Elle y transvida l'animal avec précaution, fermement décidée à l'emporter, puis elle appela la mère d'Olivier.

24

Olivier n'avait pas repris connaissance depuis deux jours et ses parents étaient au désespoir.

Ils l'avaient conduit à l'hôpital où on l'avait placé sous surveillance, aux soins intensifs, mais les médecins perdaient leur latin devant l'affection étrange qui le gardait plongé dans ce sommeil comateux.

De la sangsue, Mélodie n'avait soufflé mot à personne. Elle aurait pu mettre les médecins dans la confidence pour qu'ils effectuent des analyses, cependant son intuition lui disait de n'en rien faire.

La bête constituait le seul trait d'union entre le monde onirique d'Olivier et celui, bien réel, qui était le leur. Confier la sangsue à des inconnus, aussi bien intentionnés qu'ils fussent, pouvait conduire à la catastrophe.

Le troisième soir, Mélodie se rendit aux nouvelles. Quand elle arriva dans la chambre d'Olivier, un homme en blouse blanche s'entretenait avec la mère de ce dernier.

— Allez vous reposer, madame Lacroix. On ne peut rien faire d'autre qu'attendre. Son état est stationnaire, ce qui est bon signe. L'organisme combat la maladie. Nous réussirons bien à l'en sortir. Le laboratoire de biochimie a découvert une substance inconnue dans son sang. Peut-être est-elle à l'origine de son état. Pardonnez-moi, mais votre enfant se drogue-t-il ?

La mère d'Olivier secoua vigoureusement la tête.

— Pas que je sache.

— Bien. Je vous pose la question parce que le composé ressemble étrangement à la toxine d'un champignon hallucinogène. Nous avons bon espoir de trouver un remède, néanmoins cela peut prendre du temps. En restant ici, vous vous épuisez inutilement alors que vous aurez besoin de toutes vos forces pour l'aider par la suite. Suivez mon conseil, un peu de repos vous fera le plus grand bien.

— Merci, docteur. Vous avez sans doute raison.

Le médecin parti, Mélodie s'approcha.

— Si vous voulez, madame Lacroix, je veillerai sur lui.

La mère d'Olivier sourit.

— Merci, Mélodie. C'est très gentil de ta part. Je crois que je vais accepter ta proposition. S'il y a du neuf, tu n'as qu'à téléphoner, tu connais le numéro. Son père sera là dans une heure environ. Il te remplacera à son chevet.

Mélodie acquiesça et madame Lacroix s'en fut.

Une fois seule, elle en profita pour examiner Olivier de plus près. Son bras entier était violacé. La couleur augmentait en intensité de l'épaule au poignet. Passé ce point, la peau était d'un noir bleuté, une teinte prune ou aubergine de mauvais augure. Elle toucha le membre malade. La chair était brûlante. Presque comme si du feu couvait sous la peau. Avançant la tête, elle murmura plusieurs fois à l'oreille de son ami inconscient :

— Olivier, reviens. Réveille-toi, je t'en prie.

Sa supplique n'eut aucun effet.

Elle enrageait. C'était trop injuste. Son ami était peut-être à l'article de la mort et cette damnée sangsue se prélassait, grasse du sang de sa victime, dans le confort de sa loge en plastique. Mélodie se demanda si elle ne faisait pas fausse route. Les médecins étaient mieux outillés qu'elle. Ils disséqueraient la sangsue et en fouilleraient la dépouille jusqu'à ce qu'ils en percent le mystère. Elle se donna une journée supplémentaire. Si l'état d'Olivier ne s'améliorait pas, elle remettrait l'animal aux hommes de science.

L'alternative serait de se laisser mordre et de partir à la recherche d'Olivier sur Bifrost. Toutefois, cette solution ne lui inspirait qu'une confiance relative, d'autant plus que le médecin avait confirmé ses doutes au sujet d'une drogue. Il existait sûrement un autre moyen, une façon de rompre le charme qui envoûtait son ami pour le ramener dans la réalité.

Ainsi que l'avait affirmé madame Lacroix, le père d'Olivier se présenta une heure plus tard, armé d'un sac en papier brun d'où émanait une alléchante odeur de poulet rôti. Il déballa son repas tout en demandant à Mélodie s'il y avait du neuf.

— Non, il dort toujours.

Monsieur Lacroix était un indécrottable optimiste.

— Ne t'inquiète pas. J'ai confiance. Il finira par se réveiller et toute cette histoire ne sera bientôt plus qu'un mauvais rêve. Veux-tu manger un morceau avec moi?

— Merci, mais je n'ai pas faim.

Un infirmier entra au même instant. L'homme les salua poliment puis s'approcha du malade pour effectuer quelques vérifications. L'idée jaillit dans l'esprit de Mélodie quand elle le vit enfiler de fins gants en plastique pour se protéger d'une contamination toujours possible.

25

Olivier était surpris.

Quand il s'était endormi, peu après Mélodie, il s'était attendu à reprendre conscience chez lui, sur Terre, comme cela s'était produit jusque-là. Or, à son réveil, il était toujours sur Bifrost. En revanche, de Mélodie, il n'y avait plus de trace.

Il ne lui avait pas menti, la veille, en disant qu'il préférerait passer le reste de ses jours sur cette planète dont il lui restait tout à découvrir. Il ne s'attendait néanmoins pas à ce que son vœu se réalise aussi vite. Une sourde angoisse l'étreignit. Et s'il avait fait le mauvais choix ? Damnée Mélodie ! Elle avait introduit le doute dans son esprit. Chaque fois qu'il s'était endormi sur Bifrost, à son réveil, Yanelle avait affirmé avoir veillé sur lui durant son sommeil. C'est donc que son corps restait ici. Si c'était le cas, qu'était devenu celui de Mélodie ?

Perplexe, il aida Yanelle à rassembler leurs affaires. Selon elle, le marais Fondant était à moins d'une journée de marche. Le village se dressait sur l'autre rive. La traversée du marécage marquerait l'aboutissement de leur périple.

— Où est Mélodie ? s'enquit-il.

— Qui ?

Olivier fronça les sourcils.

— Mon amie, celle qui nous accompagnait, hier.

— Tu divagues. Voilà des semaines que nous voyageons et nous n'avons rencontré âme qui vive.

Il la dévisagea, incrédule.

— Mais enfin… Tu l'as vue comme moi, tu lui as parlé…

Yanelle le regarda droit dans les yeux.

— Écoute, Skip. Hier, je t'ai découvert inconscient au bord de la plaine des Désespérés. J'ignore comment tu as fait pour en sortir sans aide — tu es le premier à réussir cet exploit —, mais tu étais en piètre état. Je t'ai guidé jusqu'ici et tu as déliré toute la nuit. Tu proférais des paroles sans suite. C'est toujours la même chose depuis que cette maudite stryge t'a piqué et donné la maladie du virement. Cette Mélodie n'existe pas. Celle dont tu parles n'est qu'un fantasme, une invention, le fruit de ton esprit enfiévré.

Mélodie, un fantasme? Ils se connaissaient depuis la plus tendre enfance. Qu'en était-il de ses parents? Imaginaires eux aussi? Il avait peine à le croire même si Yanelle soutenait le contraire avec tant de conviction.

Ils sortirent de la cabane.

Le ciel était gris, annonciateur de pluie. Ils replacèrent la passerelle pour franchir le fossé entourant le refuge et partirent du côté opposé au soleil.

Ils marchaient depuis quelques minutes quand un bruit capta leur attention : une sorte de chuintement rappelant le sifflement de la vapeur qui s'échappe d'une locomotive.

— Qu'est-ce que c'est? demanda Olivier, inquiet.

— Je l'ignore. Je n'ai jamais entendu un son pareil.

Le bruit venait d'en haut. Ils levèrent la tête juste à temps pour voir un gigantesque oiseau fondre sur eux.

— Vite, sous les arbres. Nous y serons à l'abri, cria Yanelle en détalant sans l'attendre.

Olivier prit ses jambes à son cou avec un temps de retard ; Yanelle le précédait déjà de plusieurs foulées. Ils allaient atteindre le bosquet salvateur quand une grande ombre le survola. La peur le fit se plaquer au sol. L'instant d'après, un cri de douleur déchirait l'air. Yanelle! Olivier se releva. L'oiseau avait immobilisé sa compagne dans ses serres et s'apprêtait à l'embrocher de son bec aussi pointu et acéré qu'une aiguille.

— À l'aide, Skip !

Olivier se précipita. Malheureusement, l'oiseau l'empêchait d'approcher en battant des ailes. Il ramassa une grosse pierre et la lui lança. Le projectile atteignit son but sans que le volatile paraisse incommodé le moins du monde.

— Aaaah ! j'ai mal. Fais quelque chose, je t'en supplie.

Le bec s'enfonçait dans le flanc de Yanelle. Du sang violet gicla sur la tunique de la jeune fille.

Olivier ne savait que faire. Que pouvait-il contre un adversaire aussi redoutable ?

— Ma main, ordonna Yanelle. Prends ma main.

Il obéit. Surmontant sa peur, il parvint à passer sous l'oiseau puis, de sa main valide, saisit les doigts de Yanelle.

Il y eut un éblouissement et il se retrouva dans une chambre d'hôpital.

26

Olivier était revenu dans son monde. L'ancien. Le tube souple d'un appareil à perfusion était scotché à son bras et des fils le reliaient à un moniteur sur lequel un point lumineux traçait inlassablement des courbes en dents de scie.

Il tourna la tête et vit Mélodie.

— Dieu soit loué! s'exclama-t-elle tandis qu'un grand sourire illuminait son visage.

— La sangsue. Où est-elle? Yanelle est en danger. Je dois repartir tout de suite.

Puis il s'aperçut que Mélodie avait les mains gantées. Elle tenait aussi une longue aiguille entre le pouce et l'index. Un doute affreux lui comprima l'estomac.

— Qu'est-ce que t'as fait ?

— Une expérience. Explique-moi. Qu'est-il donc arrivé à cette chère Yanelle ?

— Un… un oiseau l'a empalée de son bec. Quelle expérience ?

— J'ai apporté la sangsue avec moi, j'ai enfilé des gants pour qu'elle ne me morde pas puis je l'ai piquée. Avec ça.

Elle lui montra l'aiguille couverte de sang. De sang violet.

— Quoi !

— Moi aussi, j'ai fait des recherches. Savais-tu qu'on peut couper un ver en deux sans qu'il meure ? Mais je ne suis pas si méchante. Je lui ai juste rendu la monnaie de sa pièce pour voir ce qui arriverait et, ma foi, je ne suis pas mécontente du résultat. Maintenant, je sais que j'ai raison. Yanelle est la sangsue.

— Tu mens. TU MENS.

— J'ai entendu le médecin qui t'a examiné. Ils ont trouvé une espèce de drogue dans ton sang. Bifrost n'est qu'une chimère. Le poison que la sangsue t'injecte à chaque morsure te rend fou. Tu dors de plus en plus longtemps ; ton bras pourrit et Dieu sait quoi d'autre dans ton corps. La prochaine fois, qui sait si tu te réveilleras ? Cette horrible bête te tue. Elle use de toi pour se nourrir, c'est vrai, mais il y a autre chose. J'ignore exactement quoi, mais je finirai bien par le découvrir. Il faut la détruire, tu entends ? La détruire avant qu'il soit trop tard.

Il refusa de la croire. Comment aurait-il pu se tromper à ce point ? Yanelle et la sangsue, une seule et même entité ? Impossible ! Les spéculations de Mélodie n'étaient justement que cela : des spéculations.

— Bifrost n'est pas une invention.

— Très bien. Puisque tu refuses d'agir, je m'en chargerai à ta place.

Olivier blêmit.

— Que vas-tu faire ?

— La tuer, maintenant que tu es revenu parmi nous.

Il voulut se lever pour l'empêcher d'accomplir l'irréparable, mais les fils le clouaient au lit. Gagner du temps. Il fallait gagner du temps à tout prix.

— Non, attends ! Épargne-la.

— Donne-moi une bonne raison ?

— On ne tue pas les animaux inutilement. Il n'y a qu'à la relâcher dans la nature où elle ne nuira à personne.

— Seulement si tu jures de ne plus retourner là-bas.

— Croix de bois, croix de fer, si je mens, je vais en enfer.

Mélodie le jaugea. Pouvait-elle lui faire confiance ? Après une longue hésitation, elle décida que oui. Olivier soupira de soulagement. D'où il était, il voyait l'intérieur du contenant en plastique. Une goutte de sang perla sur l'épiderme de la sangsue, à l'endroit où l'aiguille l'avait perforée, et colora l'eau de violet. Heureusement, elle ne paraissait pas avoir trop souffert.

— Quand tu iras mieux, déclara Mélodie froidement, nous la jetterons dans la rivière. Pour l'instant, je la garde avec moi.

Il hocha faiblement la tête. Dans l'immédiat, il était contraint de se plier à ses exigences, mais Mélodie ne perdait rien pour attendre. Il trouverait bien un moyen de redevenir maître de la situation.

27

— J'ignore ce qui s'est produit, mais ta peau a presque retrouvé sa couleur normale. Je n'ai jamais vu quelqu'un se rétablir aussi vite. Tu as vraiment une solide constitution, mon garçon. Demain, tu pourras rentrer à la maison.

Deux jours avaient passé depuis qu'Olivier s'était réveillé à l'hôpital. Deux jours qu'il n'était pas retourné sur Bifrost. Deux jours qu'il ne savait rien du sort de Yanelle. Deux jours que Mélodie était partie avec la sangsue. Deux jours qu'il ignorait comment allait la créature. Deux jours qu'il croyait devenir fou.

Mélodie était repassée prendre de ses nouvelles. Bien qu'il ait tenté de lui tirer les vers du nez, l'ait suppliée de lui dire ce qu'elle avait fait de la sangsue, où elle l'avait cachée, Mélodie était restée de marbre, se contentant de répéter qu'elle tiendrait parole et ne tuerait pas la bête. Pourtant, elle dépérissait. Olivier en était persuadé, et si elle mourait, avec elle disparaîtrait son seul moyen d'accès à Bifrost.

Or, depuis deux jours, un rêve le hantait.

Yanelle qui l'appelait au secours, l'exhortait de ne pas l'abandonner.

Ne serait-ce que pour apaiser ses inquiétudes, il devait retourner là-bas au moins une dernière fois, s'assurer que Yanelle était saine et sauve. La rapidité de son rétablissement, il la devait à cette unique envie, une envie irrépressible, brûlante tel un fer chauffé à blanc, qui lui tordait les boyaux et avait transformé son esprit en un fauve que la rage de l'impuissance faisait tourner en rond dans sa cage.

28

— Comment te sens-tu, mon chéri ?

Olivier se força à sourire.

— Mieux.

— Toujours mal à la tête ?

— Non.

Un arracheur de dents n'aurait pas mieux menti. La douleur était atroce. Comme si son crâne était devenu une Cocotte-minute. Sa tête gonflait et dégonflait perpétuellement. Là n'était cependant pas le pire.

Depuis que Mélodie l'avait fait revenir de force sur Terre, il avait l'impression que son corps était incomplet, qu'une partie de lui était restée sur Bifrost et que son corps réclamait avidement cette partie fantôme.

Cela ressemblait à une grande soif. Une soif que rien n'étancherait, peu importe la quantité d'eau bue. Cette soif, il le devinait, seule la sangsue réussirait à l'éteindre.

Pour y arriver cependant, il y avait un obstacle de taille à franchir : la méfiance de Mélodie.

Celle-ci vint le voir le lendemain de son retour à la maison.

— Je t'ai apporté du chocolat.

— Merci.

Être aimable lui coûtait. S'il n'avait tenu qu'à lui, il lui aurait sauté à la gorge pour lui faire cracher où était la sangsue.

— Les copains ont hâte de te revoir.

— Moi aussi.

— C'est vrai ? Tu n'as plus envie de retourner sur Bifrost ?

— Non, se contraignit-il à dire. Et plus vite nous nous débarrasserons de cette maudite bête, mieux je me porterai.

— Pourquoi ne pas la laisser où elle est ? suggéra Mélodie.

— Que veux-tu dire ?

— L'abandonner dans son pot. Elle aurait fini de nuire et on n'en parlerait plus.

L'angoisse vrilla le cœur d'Olivier.

— Ça te paraîtra stupide, mais je préfère la remettre

dans son habitat naturel. Je suis contre les souffrances causées aux animaux.

— Ce n'est qu'une sangsue.

Dieu qu'elle l'énervait ! Il n'eut pas assez de toutes ses forces pour garder contenance.

— Tu l'as promis.

— C'est bon, accepta-t-elle de mauvais gré. Nous la jetterons à la rivière dès que tu seras sur pied.

— Demain alors. Ma mère dit que je pourrai quitter le lit demain.

— D'accord.

29

— Skip. Que fais-tu ? Pourquoi m'as-tu abandon-
née ? Je souffre. Tu n'as donc aucune compassion ? Aide-
moi, je t'en conjure, sans quoi je mourrai. J'ai besoin de
toi.

Olivier se réveilla en sursaut. Le cauchemar était si
réaliste qu'il en avait la chair de poule. Dans son rêve, un
haut grillage l'empêchait de voler au secours de Yanelle
que l'oiseau géant taillait en pièces.

Il transpirait ; il avait la nausée. Jamais il ne s'était
senti aussi mal de sa vie. Et son bras ! Celui-ci avait beau
avoir presque retrouvé sa couleur naturelle, il le déman-
geait abominablement. Pourtant, gratter ne lui appor-
tait aucun soulagement. À croire qu'on le chatouillait de

l'intérieur, que des milliers de petites pattes lui cares-
saient les os sous la chair. Insoutenable !

Il se redressa pour déchiffrer l'heure sur le cadran
lumineux du réveil. Une heure du matin. Il tournait
depuis des heures dans son lit. Autant se lever. Il s'habilla et sortit sur la pointe des pieds afin de ne pas
réveiller ses parents. Dehors, il faisait doux. Très doux,
même, pour la saison. Un sursaut de l'été agonisant
avant la longue morsure de l'hiver.

Mélodie habitait à quelques maisons de là. Olivier
décida de s'y rendre. La rue était calme et déserte. Pas
une âme en vue. Toutes les lumières étaient éteintes chez
Mélodie. Il pénétra dans le jardin, fit le tour de la maison jusqu'à la fenêtre qu'il savait être celle de son amie et
tapa au carreau.

Une longue minute ou deux plus tard, une main
entrouvrit le rideau et le visage ensommeillé de Mélodie
parut derrière la vitre. Olivier lui fit signe d'ouvrir.

— Qu'est-ce que tu fabriques si tard dehors ?

— Je n'arrive pas à dormir. Si on se débarrassait de
la sangsue ?

— Maintenant ? Ça ne peut pas attendre à demain ?

— Le plus tôt sera le mieux. Et puis, elle va mourir
d'inanition. Voilà quatre jours qu'elle n'a rien mangé.

Suspicieuse, Mélodie le considéra un moment.

— C'est bon, j'arrive.

Olivier l'attendit en faisant les cent pas. Il refrénait

mal son impatience. Lorsque Mélodie arriva enfin, il constata avec effroi qu'elle n'avait pas la sangsue.

— Où est-elle ?

— Tu ne t'imagines quand même pas que je la gardais à l'intérieur. Rien qu'à cette idée, j'ai le cœur qui lève. Par ici.

Elle le guida au fond de la cour, où se trouvait le carré de terre du potager. Mélodie en désigna le coin droit.

— Je l'ai enterrée là.

Olivier la dévisagea, incrédule.

— Tu l'as quoi ?...

Pris d'une terreur folle, il s'agenouilla pour gratter la terre des doigts. Par bonheur, il n'y avait pas encore eu de gel et le sol restait meuble. Le pot n'était pas enfoui très profondément. Il le découvrit rapidement et le libéra de sa gangue terreuse. Le plastique opaque ne révélait rien de son contenu. La sangsue vivait-elle encore ? Il enleva fiévreusement le couvercle.

La petite masse caoutchouteuse apparut dans la clarté lunaire, en apparence inoffensive. Elle avait troqué sa livrée violette pour une autre, dont la teinte grisâtre lui parut du plus mauvais augure.

— Olivier, non !

Sourd aux protestations de Mélodie, il plongea la main dans l'eau. Il devait savoir. La sangsue se lova autour de son index en une molle caresse et sa morsure lui parut le plus doux des baisers.

30

— Skip, Skip. Te revoilà.

Yanelle reposait exactement comme il l'avait vue
la dernière fois — il y avait une éternité de cela —,
à quelques enjambées du bois qu'ils cherchaient à
atteindre quand l'oiseau les avait attaqués. Elle avait
maigri et sa pâleur faisait peur à voir. Sous sa tunique,
déchirée aux flancs, une longue plaie aux lèvres mauves
et boursouflées achevait de cicatriser sur chaque
hanche, à l'endroit où le bec avait perforé les chairs. Du
volatile, il n'y avait trace nulle part.

— J'ai cru que je ne te reverrais plus.

Il lui souleva doucement la tête.

— Je suis ici à présent. Je resterai toujours avec toi.

— Je sais. Aide-moi.

Il lui offrit son bras. La souffrance déforma ses traits.

— Tu as mal.

— Ce n'est rien. La douleur est supportable.

— Il serait peut-être prudent d'attendre que tu ailles mieux.

— Non. Nous n'avons que trop tardé. Notre embarcation est tout près. Grâce à elle, nous traverserons le marais Fondant sans difficulté. Quelqu'un du village nous attend de l'autre côté. Il nous conduira aux Anciens qui s'occuperont de nous.

— Comme tu veux.

Ils partirent clopin-clopant.

À l'étendue plate et morne de la plaine avait succédé une région vallonnée où alternaient prés et bosquets. Le terrain descendait régulièrement, ce qui facilitait leur progression.

Cependant, plus ils avançaient, plus Olivier sentait grandir en lui un malaise. Sans doute à cause de la métamorphose du paysage. En effet, les arbres se rabougrissaient, comme si quelque chose leur interdisait de s'élancer vers le ciel ; les fleurs cédaient la place à des champignons aux formes grotesques. Les couleurs aussi ternissaient : un émeraude plus pâle parait les feuilles, l'azur du ciel s'était assombri et la terre avait pris une teinte crayeuse. L'air lui-même semblait s'être épaissi et, parfois, des écharpes de brume aux relents soufrés stagnaient entre deux rocs, accrochant des filets plumeux aux branches torves des arbrisseaux.

Malgré sa blessure, Yanelle forçait l'allure. Une impatience fébrile l'animait, semblable à celle de quelqu'un qui approche d'un but convoité depuis très longtemps. Olivier jugea ce comportement normal. Qui n'aurait hâte de revoir les siens après un périple aussi long et éprouvant?

Soudain, Yanelle se tordit en poussant un cri.

— Qu'y a-t-il? s'alarma Olivier.

— Je brûle, je brûle.

Effectivement, une grande plaque se découpa comme par magie sur son bras. La chair brunit, se boursoufla, se couvrit de cloques qui crevèrent et d'où suinta une humeur poisseuse.

Olivier proposa qu'ils s'arrêtent le temps que l'étrange feu qui la consumait s'apaise, mais elle refusa obstinément.

— Nous y sommes presque.

Puis apparut une immense nappe de brouillard, si épaisse qu'elle occultait tout. On aurait dit que cette partie du monde avait été gommée, effacée.

— Le marais Fondant, annonça Yanelle avec un soupir de soulagement.

— Comment on va s'y retrouver là-dedans? On ne voit pas plus loin que le bout de son nez.

— Aie confiance, Skip. T'ai-je déjà trompé jusqu'à présent ?

Sans savoir exactement pourquoi, cette question le troubla plus qu'il n'osa l'avouer.

31

Les événements s'étaient enchaînés avec une telle rapidité que Mélodie n'avait rien pu faire. Olivier s'était effondré dès que la sangsue l'avait mordu.

La bête s'était collée à ses doigts et, en dépit de la faible luminosité, Mélodie n'eut aucune peine à se rendre compte qu'elle prenait du volume en s'empiffrant du fluide vital de son ami. Pis, à mesure qu'elle buvait, le bras d'Olivier reprenait la teinte qu'il avait fini par perdre après quatre jours de sevrage.

Elle se maudit d'avoir écouté Olivier, de ne pas s'être assez méfiée. Elle aurait dû faire fi de sa promesse et tuer l'invertébré quand elle en avait la chance.

Il fallait intervenir à tout prix, sans quoi son ami

serait perdu. Une idée lui traversa l'esprit. Elle fila à la maison pour en revenir aussitôt avec le paquet de cigarettes de son père. Elle s'en colla une aux lèvres et actionna le briquet.

Jamais elle n'avait fumé, mais aux grands maux les grands remèdes. Elle tira un bon coup pour embraser le cylindre, rejetant immédiatement en toussant la fumée délétère qui avait envahi ses bronches. Pouah ! Comment pouvait-on avaler pareil poison ? Elle saisit la cigarette par le filtre puis en approcha le bout rougeoyant de la sangsue. Le stratagème avait marché une fois. Pourquoi pas une deuxième ? La peau de l'animal grésilla et le feu s'éteignit, mais la bête lâcha prise et tomba sur le sol. Malheureusement, contrairement à ce qui s'était passé à l'hôpital, quand elle avait utilisé une aiguille, Olivier ne se réveilla pas. Raté ! Ne restait que l'alternative.

Surmontant sa répugnance, Mélodie posa le doigt sur la ventouse qui faisait office de gueule à la sangsue.

32

Le lieu lui déplaisait souverainement.

Mélodie avait repris conscience sur la berge d'un lac aux eaux fétides, que couvrait une épaisse nappe de brouillard. De la vraie purée de pois. Dans l'air régnait une odeur pestilentielle rappelant celle du soufre. Elle étouffait et les yeux lui piquaient.

Olivier n'était nulle part et ses appels n'obtinrent aucune réponse.

Le mieux était de longer la rive. Il ne devait pas être loin. Avec un peu de chance, elle réussirait bien à le débusquer.

Son pied écrasa un champignon jaunâtre et elle glissa sur la pulpe visqueuse. Trop près du bord, elle perdit l'équilibre et tomba à l'eau. Par bonheur, le lac n'était guère profond à cet endroit. Le derrière dans la vase, elle vit l'onde se troubler devant elle. Quelque chose arrivait dans sa direction. S'aidant d'une grosse touffe de joncs, elle s'empressa de remonter sur la terre ferme et l'eau arrêta de frémir. Brrr! Dieu sait ce qui vivait dans ce bouillon digne d'un chaudron de sorcière. La prudence l'incita à se tenir à distance raisonnable du lac.

Elle reprit courageusement son chemin en criant le nom d'Olivier à intervalles réguliers. Le découragement la gagnait peu à peu quand, enfin, on lui répondit. Pressant le pas, elle vit bientôt se dessiner dans la brume deux silhouettes dont le contour se précisa à mesure qu'elle approchait : Olivier et Yanelle.

Ils l'attendaient debout sur la berge. Derrière eux, à travers le matelas de brume s'esquissait la forme d'une barque.

— Qu'est-ce que tu fabriques là ? jappa Olivier.

— Je suis venue te chercher.

— Oublie ça. Je ne m'en irai pas. C'est fini, je ne pars plus.

— Yanelle te leurre. Elle ne te veut que du mal. La véritable sangsue, c'est elle.

— Tu ne sais plus quoi inventer.

— Réponds juste à ma question. A-t-elle une brûlure ?

— Comment le sais-tu ? répondit-il, interloqué.

— Parce que je viens de brûler la sangsue avec une cigarette, comme je lui avais enfoncé une aiguille dans le corps à l'hôpital. Elle te veut juste pour elle, Olivier. Et je crois avoir deviné pourquoi.

— Qu'est-ce que tu racontes ?

— Certains parasites paralysent leur hôte avant de pondre leurs œufs dans sa chair pour que les larves aient de quoi manger. C'est le cas de la sangsue. Les effets oniriques de la drogue lui servent d'appât. La victime se sent si bien qu'elle en redemande sans savoir qu'un coma mortel l'attend au bout du rêve et qu'elle se fera dévorer. De l'intérieur.

— Tu divagues. Si c'était vrai, pourquoi moi et pas toi ?

— Décime les femelles d'une espèce et l'espèce risque l'extinction. Mais les mâles ? On peut en tuer autant qu'on le désire ; il suffit qu'il en reste un seul pour féconder une multitude de femelles et perpétuer la race, donc la première source de nourriture du prédateur. La sangsue le sait. C'est pourquoi elle ne peut rien contre moi. Elle ne s'attaque qu'aux mâles. Elle est conditionnée pour cela.

Yanelle agrippa Olivier par le bras et lui plaqua de force un baiser sur la bouche.

— Est-ce qu'une sangsue embrasse comme ça ? Ne l'écoute pas. Elle raconte n'importe quoi.

Olivier lui jeta un regard interrogateur.

— Tu l'entends? Je croyais que Mélodie n'existait pas. N'est-ce pas ce que tu affirmais l'autre jour? Qu'elle n'était qu'un fantasme de mon esprit enfiévré?

Yanelle se raidit. La haine altérait son visage. Puis, il y eut un crépitement, comme s'il grêlait, et Mélodie hurla si fort qu'Olivier ne put que tourner la tête dans sa direction.

Des dizaines de boules noires hérissées de piquants pleuvaient autour de son amie. L'une lui avait déjà perforé la jambe et une autre le bras. Les caraques!

— Mélodie!

Il voulut s'élancer, mais Yanelle le retint.

— Laisse. Elle constatera vite que ce monde est plus réel qu'elle l'imagine.

— Olivier, Olivier! Aide-moi! suppliait Mélodie.

Les filaments des boules se tendirent. Mélodie essayait de se retenir aux rares aspérités du terrain, mais ses efforts n'avaient d'autre conséquence que de faire pénétrer les pointes corrosives plus profondément dans la chair.

— Je pensais que les caraques ne maraudaient que la nuit?

— Les caraques viennent quand je leur demande de venir, répondit Yanelle sur un timbre glacial.

— Alors…

— Olivier, au secours! retentit la voix implorante de Mélodie.

Il se libéra de la poigne de Yanelle et fonça au secours de son amie.

La caraque surgit au même instant.

Un croisement entre une gigantesque araignée et une chenille. Telle fut la première idée qui naquit dans l'esprit d'Olivier. Une monstrueuse chenille noire aux courtes pattes qui progressait avec lenteur en glissant sur son tapis de bave. Deux redoutables paires de crocs cliquetaient devant une effrayante bouche rosâtre dégoulinant de mucus. Et au-dessus de la gueule béante, cinq yeux jaunes à facettes.

L'effroyable apparition freina son élan. Jamais il ne viendrait à bout d'un tel monstre.

— Reviens, Olivier, l'appela Yanelle. La caraque ne nous fera aucun mal. Va chercher la barque.

Mélodie tendait les bras. Des larmes de souffrance roulaient sur ses joues. La caraque était plus près maintenant. Pouvait-on encore tenter quelque chose ? Il serait si facile d'abandonner Mélodie à son sort… Elle l'avait bien cherché, après tout. Ainsi il aurait la paix. Il passerait le restant de sa vie avec Yanelle. Une vie d'aventures.

Les paroles que cette dernière avait prononcées le lendemain du jour où la caraque l'avait attaqué lui revinrent à la mémoire. « *Tu aurais dû te servir du couteau.* » N'écoutant que son courage, il courut vers Mélodie, dégaina son arme et, d'un geste précis, trancha les filaments dont le monstre se servait pour tirer ses proies impuissantes jusqu'à la caverne de sa gueule. Cela fait, il porta Mélodie en lieu sûr.

Celle-ci le remercia d'un pâle sourire avant de sombrer dans l'inconscience.

Alors, sous ses yeux ébahis, le corps de son amie perdit de sa consistance, devint flou et disparut.

Au même instant, la main de Yanelle se referma sur son bras pour le tirer énergiquement vers l'eau.

— Je ne t'ai pas supporté tout ce temps pour échouer si près du but, rugit-elle.

Dépassé par les événements, Olivier n'opposa aucune résistance. Mélodie avait raison ; Yanelle mentait. Elle lui mentait depuis le début.

Ils n'étaient plus qu'à quelques pas des eaux fangeuses du lac quand Yanelle se jeta à terre en proie aux affres d'une terrible douleur. Olivier vit son bras s'aplatir bizarrement, comme si une masse invisible l'écrasait. Les chairs éclatèrent, aspergeant le sol de sang violet. Yanelle réussit néanmoins à se relever et poussa violemment Olivier vers le marais puis un de ses pieds céda sous elle, à moitié disloqué.

— Aaaaah ! La maudite, râla-t-elle, elle me tue.

Rassemblant ses forces, Yanelle se rapprocha et donna une nouvelle ruade, assez forte pour qu'Olivier perde l'équilibre et bascule dans l'eau.

Elle eut un sourire féroce.

— Avant de mourir, au moins aurai-je la satisfaction de savoir que mes enfants vivront.

Horrifié, Olivier vit des dizaines de petites virgules violettes s'agglutiner sur son bras et en percer l'épiderme.

33

— Aaaaaah !

Le bras d'Olivier était un lit de braises. À côté de lui, Mélodie piétinait furieusement la sangsue. Ou, du moins, ce qu'il en restait. De la bête ne subsistait qu'une bouillie de chairs sanguinolentes. Son amie interrompit son œuvre de destruction afin de le secourir.

— Tu es revenu à toi, Olivier ! Oh ! je suis si heureuse.

— Mon bras, mon bras !

— Qu'est-ce que c'est que ce tapage ?

Le père de Mélodie sortait de la maison en pyjama.

— C'est Olivier, expliqua Mélodie.

— Je brûle, je brûle, ne cessait de se lamenter ce dernier.

— Amenons-le à l'intérieur.

Ils l'entraînèrent dans la salle de bains. Le père de Mélodie emplit l'évier d'eau. Du coude au bout des doigts, la chair violacée virait au noir.

— Plonge ton bras là-dedans, mon gars. Je préviens tes parents et j'appelle une ambulance. Reste avec lui, ma chérie.

Olivier obéit. La fraîcheur du liquide le calma légèrement. La chair se couvrit d'œdèmes. La peau se distendait. Elle tirait horriblement. Puis elle fendit à plusieurs endroits et le sang gicla, charriant de petites virgules violettes qui frétillèrent dans l'eau froide. Olivier retira instinctivement le bras.

— Le bouchon ! Tire le bouchon !

Mélodie obtempéra. Elle happa la chaînette, et le bout de caoutchouc se délogea de la bonde. L'eau se retira, aspirant les corpuscules dans le renvoi.

34

Cela faisait trois fois qu'Olivier retournait à l'hôpital. Après l'avoir bourré d'antibiotiques, on lui avait recousu et pansé le bras. La cicatrisation s'amorçait déjà. Mélodie et lui étaient les seuls à avoir vu les sangsues, car les examens n'avaient révélé aucun corps étranger dans son organisme. Les restes de l'originale avaient été envoyés au laboratoire pour analyse.

Mélodie aurait pu profiter de la situation : se moquer de lui, l'accabler de reproches, se pavaner en lui montrant combien il avait été stupide, lui en vouloir à mort et le laisser tomber. Pourtant, elle n'avait rien fait de tout cela. Elle l'avait embrassé et était demeurée à ses côtés, silencieuse et attentionnée, jusqu'à ce que son bras aille mieux et que s'estompent les effets de la drogue injectée par la sangsue. Cette aventure était leur secret et le resterait. Il lui en était profondément reconnaissant. Depuis, ils ne se quittaient plus. Elle l'accompagna donc quand son médecin traitant les convoqua à l'hôpital, lui et ses parents.

— Le biologiste à qui j'ai confié la sangsue était furieux de l'état dans lequel était le spécimen. Il n'a pas manqué de me faire savoir qu'une espèce inconnue venait peut-être de disparaître par nos soins. Enfin, il m'a tout de même appris qu'il ne s'agit pas vraiment d'une hirudinée. Pas une sangsue, donc. Mais quoi? Pour l'instant, le mystère reste total. En ce qui concerne notre petit ami, ici présent, tout danger semble écarté. Dans peu de temps, il n'y paraîtra plus. Rien qu'une balafre pour épater les copains et lui rappeler de se méfier à l'avenir.

— Docteur…

L'homme en blouse blanche se tourna vers son jeune malade.

— Oui?

— J'aimerais vous poser une question.

— Vas-y.

— L'eau… qu'arrive-t-il à l'eau du robinet quand elle se vide dans le lavabo?

Le médecin plissa le front, surpris, cherchant à deviner où Olivier voulait en venir.

— Eh bien, je ne suis pas un spécialiste, mais si je ne me trompe, les égouts l'acheminent jusqu'à l'usine d'épuration.

— Et ensuite ?

— Ensuite ? Ma foi, après traitement, l'eau retourne dans la nature.